모두가 섬이다

모두가 섬이다

한경동 시집

산지니

시인의 말

시간은 언제나 내 편이 아니었습니다.
시는 갈수록 어려워졌습니다.
고지식하고 곧이곧대로 살아온 변방의 시인에게 시는
그래도 위안이고 즐거움이었습니다. 목마름을 가시게
해주는 샘물이었습니다.

삶이 끝나는 날까지 시다운 시를 쓰고자 애쓰겠습니다.

차례

2부 나는 지금 발효 중이다

3부 간절곶에서 소식 보낸다

4부 영원한 단순화법

5부 당신이 따라 웃는 날

6부 존재의 고마움

1부

넌지시 웃고 있다

진달래꽃

일도 글도 어정잡이 울 아버지
오랜만에 땔나무하러 가시더니
참 엉성한 나뭇짐 위에
줄레줄레 춤을 추며 따라온
진달래꽃 한 무더기
목마른 김에 벌컥벌컥 마신
막걸리 때문인지
가뜩이나 한시름 놓은 얼굴에
아버지
군불이야 구들 깊숙이 들거나 말거나
생전 처음 노래 한 곡조 뽑았습니다
그나마도 숨이 차서 쉬었습니다

3월은

찔레꽃 새순이 파릇파릇한 울타리 지나
무작정 순이네 사립문 밖에 이르면
가슴이 콩닥콩닥 두방망이질을 하고
내 그림자 내가 밟으며 조바심을 냈다
3월은 마음이 먼저 꽃을 피우는 달
지웠던 이름도 새로 쓰고
잊었던 꽃말도 다시 생각한다
겉으론 개나리꽃 희망의 말* 앞세우면서
은근히 진달래꽃 애틋한 사랑*을 추억한다
어차피 3월은 마음이 먼저 달뜨는 달이다

* 개나리와 진달래꽃의 꽃말

16

내가 나에게

너는 지금껏 세상을 향해
얼마나 가슴을 열고 다가갔느냐
너 혼자가 아닌 우리 모두에게
무엇으로 친구가 되고 힘을 보탰느냐

따뜻한 사연으로 만나야 할
사람과 사람의 길에서
눈은 외면한 채
마지못해 손 내민 적 없느냐

하다못해
바람 싸늘하게 얼어붙은 겨울밤
주린 새끼들을 거느린 어미 길고양이의
낮고 애잔한 울음소리에 가슴 시린 적 있느냐

누구누구라고 말하진 못하지만
그리운 사람은 그리운 대로 기억하고
서운한 이름은 서운한 대로 불러 모아
사랑한다 서운했다 먼저 다가간 적 있느냐

이윽고 첫눈 내리는 아침이 아니라도
말 한 마디 눈짓 한 번으로 덮어주는
작은 위안과 남모르는 따스함으로
아랫목처럼 몸과 맘 녹이게 한 적 있느냐

와룡매의 봄

이승의 길이면 어떻고
저승의 길이면 또 어떠랴
햇살 퍼지자
갓 돌 지난 손자 녀석 젖니 돋아나듯
봉긋봉긋 와룡매도 봉오리 맺을 때
굼틀굼틀 용트림하듯 매화나무 기지개 켤 때
흠 흠 흠 몇 번이고 헛기침하면서
대낮에도 키대로 꽃등을 켜고 맞이하는
참 향기로운 꽃길에서
삶이 이처럼 아름다운 것을 보았다

모두가 섬이다

오늘이 어제가 되고 내일이 오늘이 되는
존재와 부재의 윤회 속에서
우리는 무엇이 되고 있는가

뭍에서 보면 섬은 찢어진 깃발이다
섬에서 바라보는 뭍은 언제나
그리운 강물이다

이 막막한 세상에서
누군들 섬이 아니랴

애써 다리를 놓기 전에는

모란의 기억

어느 꽃인들 꽃이 아닐까마는
눈이 커서 눈이 자주 가던 가시나의
눈 한 번 맞추지 못한 짝사랑 같은 꽃
윤삼월 눈 밝은 날은 천지가 마냥 부풀어
그리는 마음만 풍선처럼 떠다녔는데
내 살아있음에 한없이 가슴 설레었고
봄이 너무 짧아 먼발치로 떠나보냈지만
아쉬운 기억 속에 보랏빛으로 피었다가
그마저 꿈인 양 자줏빛으로 지고 마는
그래서 더욱 눈에 밟히는 모란꽃 순정

목련의 봄날

진달래꽃이 산허리 감돌아 무더기무더기 산등성마루를 타
고 피어오를 때
교장선생님 사택에 목련꽃 봉오리 맺는다

볕바른 돌담길 턱 괴고 앉아 새색시 젖가슴 같은 봄볕을
궁글리다 눈을
감으면 지금도 보인다 교장 선생님 딸내미들 보얀 얼굴 내
밀듯 한 송이
두 송이 목련꽃 벙글 적에 울 어머니 장독대 위에 정화수
떠놓고 아침저녁 날마다 비손하신다

꽃샘추위 지나자 생나무울타리 너머 목련꽃 키대로 피어
대낮에 연등 켜고 새봄을 맞는데 초저녁부터 큰집 작은집
장등 불빛들이 서로 뒤질세라
때마침 오일장 다녀오시는 울 아버지 마중 나와 거나하게
취한 밤길을
훤하게 밝혀주었다

엉겅퀴꽃

억세고 꺼칠한 손아귀는
어제 깎은 선머슴 턱수염 같고
목소리는 사내 뺨치게 걸걸한 엉이* 씨
아침부터 단장 좀 했는지 제법이다

여자는 무엇보다 예뻐야지
누군가의 입에서 그 말 떨어지기가 바쁘게
지랄하고 자빠졌네
누구 얼굴 뜯어먹고 사는 꼬라지만 봤는갑다

남이야 무안하거나 말거나
한방에 받아넘기는 모습이라니
농사는 자식농사가 제일이고
여자는 알뜰하게 살림 잘하면 그만이지

후렴 같으면서도 후렴 같잖은 말투에
다들 가시에 찔렸는지 뜨끔하던 날
엉이 씨 얼굴이 엉겅퀴꽃 같았다
겉으론 따갑지만 속으론 눈물 많은

우리나라의 어머니

동백꽃 연정

불꽃도 불꽃 나름이지만
한겨울 지나 이른 봄의 그 어우름에서
가슴에 불이 붙으면 영영 못 끄네
울산 춘도나 거제 지심도는 그렇다 치고
어쩌다 여수 오동도에서 지핀 불이
고창 선운사 허리춤에까지 부득부득 따라오면
난 몰라 도무지 난 몰라
꽃이야 철따라 피겠지만
가슴에 붙은 불은 평생을 가네
그 사람 생각하면 지금도 타네

수국水菊 이야기

태종대 태종사에 수국 보러 갔더니
수국은 철 일러 아직 못 다 피었고
웬 이국異國 여자만 보았습니다
꽃이야 절 마당 둘레둘레 내년에도 피겠지만
오늘은 웬 호랑나비가 짝지어 날아다녔습니다
이유야 있겠지만 젊디젊은 당신 갑자기
먼 데서 보아도 눈빛이 사뭇 달라 보였습니다
어쩌다 발을 헛디디는 사이사이
부처님 넌지시 웃고 있었습니다
파르스름한 수국이 얼굴 붉힐 때까지

뻐꾸기 소리

그 여름날 뻐꾸기는
목이 메어 울었다
이제 가면 언제 오나
앞소리처럼 울었다

우리 집 뻐꾸기는
시시때때로 운다
내 집이 제 집인 양
듣거나 말거나 운다

선운사 뻐꾸기는
젓가락 장단에 운단다
올해도 동백은 피었다고
술어미 목청으로 운단다

아라홍련

뭐 빠진 강아지 모래밭 싸다닌다면서
은유법인지 욕지거리인지 예사로 내뱉던 우리 엄니
7월 장마철 비 쫄딱 맞고 연꽃 구경 간
막내아들 몰골 보고는 무어라 하실는지요

누구는 일생이 연꽃 만나러 가는 바람 같다 하고
또 누구는 피는 건 한창이라도 지는 건 잠깐이라며
동백꽃 아름다운 슬픔을 절간에서 찾더니만
나는 어쩌다 소낙비 맞은 강아지 꼴이 되었는지

부처님 눈 한 번 꿈쩍이면 천년이 간다면서
칠백 년 그 세월 별것 아니라고 얕보지는 마시라구요
부끄러운 듯 아니 부끄러운 듯 고려 적 하늘을 그리며
발갛게 피는 연꽃을 마주하고 있노라면

장맛비 흠뻑 맞아도 생각 하나만은 오히려 황홀해지고
처염상정, 그 모습 그 빛깔만은 그대로인 아라홍련
어쩜 오늘 하루만은 그 마음 그 물색으로 되돌아가
연꽃 향기 훔치러 가는 바람처럼 살고 싶은 걸 어쩝니까

카탈레나 3

잊는다는 말의 반은 거짓말이다
사랑한다는 말의 반에 반은 진실이다
여름의 끝자락에 와서야 말문을 연 당신
우리가 늦가을 어느 찻집에서 만나
그냥 손 흔들며 헤어질 사이가 아니라면
한여름 땡볕에 가맣게 그을리고도
다시 거울 앞에 선 스스로에게 물어보라
왜 꽃을 피워야 삶이 아름다운지를
삶이 아름다우면 왜 꽃이 더 향기로운지를
플라멩고 춤사위보다 더 향기로운 카탈레나
그 눈짓이 석 달 열흘 나를 홀리고 있다

환절기 2

계절은 한 번도 가지 않은 길을 가지 않는다
저 보이지 않는 목소리는 누구의 것인가
어쩌면 신음 같기도, 때로는 한숨 같기도 한
단절음이 간헐적으로 나를 가위눌릴 적에
희망은 베네수엘라 지폐처럼 초라했으나
놀랍게도 햇살은 가슴 언저리로 파고들어
우리는 아직 살아있음에 깊은 숨을 쉰다

그러므로 계절은 갔던 길을 잊지 않는다
높디높은 우듬지에서 파릇파릇 움이 트려는지
어디선가 젖몸살 내음의 바람이 불어오는데
사랑하는 이여, 지금은 담담하게 기다릴 때
어제는 가슴 한복판으로 조곤조곤 비가 내리고
좀 이르다 싶은 매화가지에 꽃이 피고 있다

빈방

빈방에 혼자 있으니
저절로 허전하다
아내가 돌아왔는지
갑자기 뜨끔하다
마음과 몸은 무엇이 먼저일까?
색과 공의 차이는 눈일까 마음일까?
아내와 나를 곱하거나 합하면
제행무상일까 제법무아일까?

2부

나는 지금 발효 중이다

기월리별곡

열사흘 넉넉한 달빛 마당귀에 환히 차는
키 낮은 지붕마다 박꽃 가득 피던 마을
수수러진 마음만큼 못 따르는 걸음으로
풀밭머리 들꽃 같은 그 사람을 그리면서
찌르르 풀벌레소리 키를 세워 따라가면
저문 들 허허한 바람 울먹이며 산을 넘고
반생의 쓸쓸한 기억도 뒤척이는 기월리

풍경 혹은 범종소리

고요도 깊은 고요 적막 같은 추녀 끝에
매달려 흔들리며 들리는 듯 안 들리는 듯
닿으면 금시라도 뎅그렁 울 것 같이
시름도 번뇌도 멎은 풍경소리 그 소리

바스락 나뭇잎도 마른 침을 삼키고
할! 죽비 맞으며 삼천대천세계 깊은 강을
온몸이 시퍼렇게 멍이 들어 건너오는
청동빛 범종소리가 새벽잠을 깨운다

큰 절집 기왓골에 감로甘露 같은 눈이 녹아
진달래꽃 그리운 향기 산문山門이 가득한데
나도 나를 어쩔 수 없는 풍경소리 귀가 열려
저문 들 샛강에 서서 다시 듣는 종소리

쓸모를 위한 데생

한 엮음 무시래기 노루잠에 뒤척이고
사십구공탄 여남은 개 적멸 같이 깊은 고요
희붐한 꼭두새벽이 벽시계를 읽고 있다

이 시대 변경의 삽화 속셈으로 그려 본다
고희는 지났을까 쓸모가 얼추 닳은
할머니 등 굽은 허리 안 그래도 숨이 찬데

주름 가득 얼굴 위에 차마고도 겹쳐진다
손수레 두 바퀴에 삶의 안장 올려놓고
안간힘 박차를 가해 하루해를 끌고 가는

구겨지고 찢어지고 일그러진 파지 더미
다잡아 옭아매고 그려보는 하늘 멀리
소금별 뜨고 지는 길 한 끼 밥이 아쉽다

공중전화 부스

동짓달 하늬바람 고향 소식 궁금하다
보고 또 보고 손 흔들던 어머니 젖은 눈길
아랫목 베개 고이며 초저녁잠 들었을까

발 동동 구르면서 내 차례를 기다리던
퇴근길 전화 부스 슬그머니 사라졌다
바람만 휑하게 부는 이 거리가 너무 춥다

먹자골목 목의자에 무너질 듯 걸터앉아
쓰디쓴 소주잔에 세상 푸념 늘어놓던
그 친구 풀 죽은 모습 낙엽인 양 쓸쓸했다

동구 밖 실개천에 개나리도 피었던가
한겨울 얼음장 밑으로 봄은 다시 오련만은
오늘도 전화를 건다 전화 부스 그 쯤에서

바둑 심서心書

갈 짓(之)자로 꺾어지는 갈대의 몸짓으로
이리 둘까 저리 둘까 포석부터 머뭇거린
일기 속 한평생 기보 졸전만 가득하다

내 머리 속 지우개*로 지우고 싶은 기억들은
오히려 음각을 한 듯 생생하게 떠오르고
우듬지 까치밥 서넛 사석처럼 남아 있는

빛바랜 풍경화 한 폭 허공에 걸려 있다
이분법 생의 계가 주름살만 늘어가는
종심從心의 갈피갈피에 미생未生으로 그늘진 날

비우고 또 버리며 서산머리 바라보면
철새가 물고 오다 무심결에 멎은 자리
무소유 그 스님 같은 낮달 한 채 빈집이다

* 영화 제목

농주農酒의 변

독락獨樂 즐겨 마라 여민락與民樂이 여기 있다
상쇠 장구 앞세우면 어깨춤이 절로 나고
온 마을이 흥에 겨워 밤늦은 줄 모르는데

달도 별도 함께하면 밤낮이 따로 없고
잘살고 못사는 것쯤 마음먹기 나름이다
잘나고 못난 것마저 화톳불에 내던지면서

고달픈 물음표 인생 콩나물국으로 다스리세
뒤섞이고 한데 얼려 오래 두고 삭히려고
나 지금 발효 중이다 아랫목에서 괴고 있다

만파식적萬波息笛을 그리다

미점산수 물기 번진 백두대간 아침안개
은은한 에밀레종소리 메아리로 들으면서
필사본 천년 유사를 솔바람이 읽고 있다

동해바다 하늘 멀리 뭉게구름 피워 놓고
낚싯대 드리우며 대왕암에 걸터앉아
나 죽어 해룡 되리라 그 말씀을 낚는다

오늘에 더 와 닿는 만파식적 절절한 뜻
반도막 신라와당 상현달로 뜨는 저녁
왕조의 마디 짚으며 시름 가득 뼈아픈데

돌마다 잠을 깨워 돋을새김 연화장세계
십일면관음보살이 천의 자락 휘날리듯
한 마당 춤판을 벌여 처용무도 출란다

세한도 歲寒圖

마음이 손 놓으면 적소謫所가 따로 없는
낮에는 절해고도 어둔 밤은 적막강산
왜 하필 절대고독을 실존이라 말하는가

조선낫 시퍼런 날로 잡초를 베어내듯
올곧은 의지 하나 믿고픈 스스로가
잡념은 피가 나도록 맨손으로 뽑아보라

퍼붓는 눈발 속에 더 푸르른 낙락장송
붓끝에 겨눈 뜻은 선비의 심혼인데
시詩보다 더욱 절절한 세한도를 그린다

묵은지를 위하여

햇살이 머물다 간 시간만큼 알이 차는
통배추 반을 갈라 곱게 씻어 받쳐놓고
함지박 왕소금 뿌려 숨을 죽인 다음날에

새우젓 멸치액젓 갖은 양념 버무려서
응달진 뒤란 깊이 땅굴 파서 묻는 뜻은
곰삭아 깊어지라는 어머니 말씀 숨어 있다

겉절이 같은 나를 두고 자책하듯 물어본다
몇 해를 갈무리해야 속속들이 익을 건가
무작정 달려온 시간 씁쓰레한 회한 속에

오뉴월 꽁보리밥도 달게 먹던 그때처럼
묵은지 찢어놓고 농주 한 사발 곁들이면
아버지 너털웃음이 어제인 듯 보인다

사향시편 思鄉詩篇

풀빛 아스라한 하늘자락 꿈길 혼자 걸어본다
실안개 저녁놀이 눈썹 위에 떠오르고
흙냄새 밭고랑 사이 송아지 울음 따라간다

맨발로 닫던 동심의 언덕 속속들이 풀물이 들어
찔레 순 따던 손길 피가 따끔 맺히던가
서투른 손가락 짚어 풀피리도 불었던가

별 헤던 툇마루 끝 모깃불이 타던 밤에
달빛 함초롬히 머금은 박꽃처럼
내 가슴 깊은 샘에서 물을 긷던 누이여

질화로 뭉근 불씨 재고 담고 다독이던
아버지 주름진 얼굴 어둠 속에 보이는데
마음은 초롱불 밝혀 돌담길을 걷는다

봄비

한때는 우리라고 말할 때가 있었다
천 개의 꽃송이라고 부르던 날이 있었다
헌 삿갓과 도롱이와 살 부러진 우산을

검정고무신과 편리화와 헐거운 장화를
서로 온몸을 예사로 부딪치면서 걸어가는
3월 그 어느 날의 신작로 풍경

산과 들에는 진달래 개나리가
누가 말릴 틈도 없이 흐드러지게 피었고
우리는 단지 천 개의 물방울이 되었을 뿐이다

딸 마중

전셋집 반지하방 그나마도 단칸방에
눈물콧물 흘리면서 사십구공탄 갈아 피고
미역국 데운 다음에 밥상 차려 들던 저녁
그럭저럭 십여 년에 삼남매를 키우면서
그중에 고명딸은 애비 닮아 입이 짧아
그래도 아픈 데 없이 아무 탈 없이 자랐느니
어느덧 중삼이라 어두운 밤길 하 무서운 나이
으슥한 골목길은 나도 섬찟 하던 것을
어쩌다 마음이 내켜 딸 마중을 가던 날에
늦가을 밤 집을 나서면 초승달 먼저 몸을 떨고
어디쯤 오고 있을까 한참이나 기다려도
밤하늘 별이 총총총 발만 동동 굴렀다

소금

김치가 김치인 것은 어머니 손맛 때문이고
간고등어가 간고등어인 것은 간잽이 솜씨인데
싱겁기 짝이 없어진 나의 몸뚱어리

차라리 소금광산에라도 붙들려 가
결박이든 결가부좌이든 엿장수 마음대로
한동안 소금부처로 살다가 왔으면 좋겠다

아버지의 돌

상여가 내려지고
청주 한공韓公 오시午時 하관下棺이요
누군가 목청 돋우어 소리치면
아버지 지상에서 사라질 흙더미 쏟아지며
갑자기 내 발등 때리는 돌덩이 하나
아이고, 하나도 아프지 않았다

웬일로 저승에서도 자식 걱정하는 모양이다

산복도로

마을버스도 숨차게 기어오르는
산동네 오르막길
가는귀먹은 할머니 방문 열고, 누고?
가을바람 한 줄기만
마른 걸레를 훔치며 지나간다.

보름달

엊그제 예식장에서 본 것 같은데
벌써 만삭이다
시아버지 말은 못하고 혼자서
벙글벙글

공술 한 잔 얻어먹고 공연히
가슴이 환하다

남산동 사는
남의 며느리 남산 위에 떴다
남들 다 보란 듯 남산만 한 배를 내밀고
싱글싱글

빙그레 아이스크림 하나 얻어먹고
자랑이 한 보따리다

3부

간절곶에서 소식 보낸다

금샘〈金井〉

부산 금정산 범어사 산자락 아래 살거든
먼저 사시사철 금빛 물고기 노니는
금샘을 찾아가 볼 일이다
이왕이면 햇빛 찬란한 봄가을 하오 무렵
길 잘못 들어 헉헉거리는 너덜경은 말고
북문 지나 고당샘 아래로 내려가면
거기 우뚝우뚝 바위기둥들 끄트머리쯤
귀동냥으로만 듣던 금샘이 있나니
그곳에 금빛 물고기가 헤엄치고 있나니
나도 부산사람이라고 한 자락 거들고 싶거든
더는 미루지 말고 금샘부터 찾아볼 일이다
가서 합장하고 한동안 넋을 놓을 일이다

추억 사냥 1

아침부터 키를 쓰고 소금 받으러 간 일은 어제 같고
생울타리 사이로 불러내는 따스한 햇볕을 동무 삼아
삼사월 긴긴 해 청보리밭 쏘다니던 일도 잊은 채
오뉴월 뙤약볕이 갑자기 먹구름을 불러오면
황소 등을 다투던 소나기도 어느새 처마 밑에 서 있는데
왜 그런지 빗물 아닌 눈물이 흐르네

추억 사냥 2
-그때 덕선리

하늘엔 달이 뜨고 지붕 위 박꽃 피던
자글자글 돌 구르며
가슴 한복판으로 흘러가던 시냇물 소리
내 편지는 몇 번이나 읽었을까
참 오래된 기억 저편의 마을 이름
쓸쓸한 날 해거름의 그리움 한소끔

붕어빵 이야기

부전동 적십자회관 가는
세 갈래길 어우름
아침부터 붕어빵 굽는 아저씨
날마다 이리 쫓겼다 저리 쫓겼다
낙엽처럼 쓸려가고 있다

붕어빵에 붕어가 있든 말든
운수 좋은 날은 일찍부터 정한 자리 잡고
삶을 뒤집듯 뜨거운 빵틀을 뒤집고 있더니만
오늘은 구석진 귀퉁이 시커먼 화덕 앞에서
애꿎은 붕어빵만 만지작만지작
동짓달 해넘이 따라 서느렇게 식어가고 있다

붕어빵 하나로 끼니 때우던
그때는 그때 지금은 지금
그리운 마음이 조금은 남아있을까
실직에 쫓기고 코로나에 내몰려
이리 갈까 저리 갈까 차라리 돌아갈까

유행가 가사 같은 얼굴로

오늘도 식어버린 추억을 팔고 있다

시작노트 붕어빵 몇 개로 점심 끼니를 때우던 때가 있었다. 봉지 가득 붕어빵을 사 들고 집으로 돌아가던 중년시절도 있었다. 언젠가부터 부산적십자회관 가는 세 갈래길 언저리에서 낙엽처럼 잎맥만 남아 있는 중년이 비닐가림막을 쳐놓고 붕어빵을 굽고 있는 것을 지켜보았다. 아니나 다를까, 그도 역시 이리저리 쫓겨 다녔다. '최저임금 희생자일까?' 아니면 '코로나 실직자일까?' 공연히 한숨만 나왔다.

휘파람소리
-치과병원에서

사랑니는 일찌감치 뽑아버렸고
딴엔 오래갈 줄 알았던 어금니마저
온데간데없이 사라진 어느 날
아직도 헤식은 바람기는 살아남아서
이빨 아닌 잇몸 사이로
휘 휘 휘 휘
그때 그 가시나 불러내던 솜씨로
참 어설프게 휘파람 한 번 불었다

다시 간절곶에서

언젠가 소망우체국에서 편지를 부치고
이제 돌아오라 간절히 바다를 바라보던
간절곶에서 다시 소식 보낸다
물과 뭍이 서로 물고 뜯고 뒤엉키면서
바람마저 밀고 당기며 실랑이를 칠 때
할퀴고 쥐어뜯는 물결마저 마침내
지친 모습으로 무너지는 모래톱
작은 기억마저 물거품이 되더구나
이 갯벌에서 더는 아무것도 생각하지 말자
우리 애틋한 사랑도 산산이 부서지는 곳
잦아들고 말려드는 허무는 누구의 발자국인가
아등바등 몸부림치던 젊음은 다 어디로 가고
성긴 머리카락 흩날리며 서 있는 시간의 배후
눈부신 윤슬만 멀리 허공에 맞닿아 반짝인다

그리운 친구여
-어느 해의 송년사

친구여, 대설 앞둔 섣달 초순 어느 날
서녘 하늘을 물들인 저녁노을을 보았다
약주 몇 잔에 벌겋게 취한
머리 희끗희끗한 친구의 얼굴을 보았다

우리 젊은 날 사랑하는 사람을 기다리며
설렘으로 가슴 두근거리던 기억은 다 어디로 가고
허무한 마음만 가득한 송년의 저녁노을
외로움으로 허리 굽어가는 너와 나를 보았다

하지만 친구여, 미처 붙잡지 못한 첫사랑의
아쉬움은 아쉬움대로 남겨두고라도
헤어지면 다시 보고 싶어 안달이 나던
우리의 우정은 우정대로 깊이 다독이면서
삶은 이렇게 영원의 불꽃인 그리움으로만 남느니

그 그리움 저 하늘 끝에 벌겋게 물들이며
덤덤하던 가슴 새삼 설레게 하느니 친구여
불러도 대답 없는 이름들 하나하나 꼽으며
우리 다시 한 번 더 목청 돋우어

그리운 친구여! 라고 노래 부르면 또 어떠리

달맞이언덕

혼자서는 끌 수 없는 가슴속 불길 타오를 때
무작정 달맞이언덕으로 와 볼 일이다
행여 마음에 두고 있는 사람 더불어 올 요량이면
가볍게 아주 가볍게 손잡고 걸어야 길이 보인다

이제껏 어지러이 떠돌던 저잣거리의 소문쯤은
억겁을 벗겨도 도무지 속살을 드러내지 않는
저 망망대해를 향해 느낌표로 서 있거나
잠깐 두 팔만 힘껏 벌려도 숨통이 트인다

때로는 쉼표가 되고 싶은 아직 팔팔한 그대여
보름달처럼 원만한 사랑만 기다리지 말자
차고 이지러지고 만나고 헤어짐이 숙명이라면
지금 이 순간 함부로 허무를 발설하지 말자

높지도 낮지도 않은 언덕에 올라와
내 작은 슬픔 거두어 허리 깊숙이 손을 찌르면
곁에 있는 그대마저 하얗게 잊혀지는
저기 저 바다에 둥그런 달이 뜨네

열목어
-答安着湖西島潭書

누군가 그랬지
순결한 사랑은 이루지 못한다고
남의 첫사랑 이야기에 내가 죄지은 놈 같아
무조건 참회하는 밤도 있기는 했는데

순수한 사랑은 죽음 아니면 거짓말이라고
달래고 또 달래어 어루만져 주고 싶던
상처 많아 오히려 순박한 그대여
어느 날 그림자마저 끊길 때 빈집 같데

삶이란 존재와 부재의 의미를 떠나
고향 잃은 우리는 누구나 쓸쓸한 유목민
내일은 또 어느 하늘 아래 말고삐를 매면서
배추잎벌레처럼 추억을 갉아먹고
하루하루를 길들이며 찻잔을 부실 것인가

그대 앉았던 자리 오늘도 비어 있고
맑은 물이 그리운 열목어는 자취도 없는데
가끔은 그립고 더러는 허전한 마음으로
한 두어 달 피고 지는 꽃에 혹하여 사느니

허무하여라
누구를 위하여 내 노래는 다시 깊어지나
금정산 울리는 메아리는 상기도 목이 메고
저무는 하늘에 가득한 황혼만 눈이 붉다

만년필 추억

톡톡 잘 부러지는 기억들이 썰물처럼 밀려가고
해거름 얼굴 불콰해진 노을이 뉘엿뉘엿
수평선 멀리 한껏 부풀어 올라 출렁출렁
무슨 얘기라도 좀 해보라고 부득부득 조를 때

밀물소리 주름진 턱밑까지 글썽글썽 차오르면
그대여 나는 손때 묻은 만년필로 참 오랜만에
기억 저편의 당신 얼굴 그리며
가슴 밑바닥에서 길어 올린 눈물 같은 사연으로
푸른 잉크빛 물결 위에 다 못 쓴 편지 쓰나니

밀려가고 또 밀려오는 그리움은 새삼 나를 울리고
물러나 모래 위에 네 이름 다시 쓰고 지우며
가슴속 뜨거운 모닥불 뒤척이는 사이사이
그런저런 사랑이며 회한이며 또 몇몇 가지
우리들 생은 그렇게 또 저물어 가네

이별 앞에서
-친구를 보내며

잃는 것과 잊는 것 사이에서
친구여, 뒤돌아보지 말고 가시게
그래도 추억의 페이지가 남았거든
어차피 다시 못 볼 테니 버리시게
우리의 일생은 차츰 저물어가거니와
지독한 사랑도 그리 오래 믿지는 못하네

허름한 포장마차 긴 목의자에 걸터앉아
분노와 허탈의 술잔을 번갈아 들이켜던
밤안개보다 더 막막한 사람의 길에서
사막 같은 심정이 하필 오늘뿐이겠는가
지나간 것은 그냥 지나가게 하고
오래된 엽서처럼 흐릿한 글씨로 남으시게

그것마저 사라진들 누가 죽도록 슬퍼할까
있는 것과 없는 것 그 경계마저 허물어버리고
둘 다 가지지도 버리지도 마시게
모든 것은 마음이 쓰고 지우는 것
슬픔 끝에 흘린 눈물까지 마저 훔친 다음
그냥 덤덤하게 웃으며 가시게 친구여

소멸에 대하여

-친구 그리며

떠나갈 때는 돌아올 것을 생각하고
헤어지는 순간 만날 날을 기다린다
빛바랜 유년의 앨범을 펼치지 않더라도
실개천은 여전히 샛강으로 흘러가고
늙은 감나무는 올해도 까치밥을 남길 것이다

하지만 혼자 피안으로 떠난 사람아
어젯밤에는 그리운 벗들이 함께 만나
내장된 추억을 이것저것 들추어내면서도
아무도 너의 부재를 슬퍼하지 않았다
그 사람 그립다 보고 싶다 말하지 않았다

어쩌겠나, 그리움도 때로는 시효가 있었다
가깝고도 아득한 삶과 죽음의 거리
살아있음이 행복한 이유가 거기 있다
섭섭한 것은 섭섭한 대로 잊혀지고
별들도 언젠가는 무한공간에서 사라진다

물로써 만나 물로서 헤어지는 이생에서
생명은 한 조각 유등流燈의 불꽃

어느 모퉁이에서 소멸될지 아무도 모른다
이름만 대명사로 남아 허공을 배회한다
우리 자주 만나야 할 이유가 여기 있다

배롱나무 아래 깃들다

여름궁전이 있다면
여기 배롱나무 아래 깃들고 싶다
얼마나 당당하기에
이렇게 매끈하게 홀딱 벗었겠느냐
분노는 태양보다 덜 뜨겁고
주는 것만으로도 넉넉한 마음은
이글이글 불타는 꽃송이로 말을 건다
왜 발바닥이 간지러운지 나는 모른다
몰라서 더 행복한 석 달 열흘
한껏 베푸는 것이 사랑이라면
배롱나무 아래 한동안 깃들이고 싶다

인봉仁峰을 바라보며
-강병령 박사 지명을 축하함

누가 무슨 선근善根을 심었기에
얼굴이 저리도 맑을까
날마다 무슨 좋은 일 있기에
미소가 떠나지 않을까

원아광도제중생願我光度濟衆生
굳이 경전經典을 들추지 않아도
마음은 이미 산문山門을 넘어
유마힐*같이 백거이*같이

군봉群蜂의 외침소리 지척에 들으며
내 작은 선의善意가 아우들의 디딤돌 된다면
허리띠 졸라매고 내놓는 인봉仁峰장학금
아무나 하는 일 아닌 줄 누가 알까

오늘도 장삼이사張三李四 무수히 맥을 짚고
부디 무통無痛하시라 침을 놓고 뽑으면서
오래도록 우직하게 공덕의 탑 쌓았으니
어느새 넉넉한 산이 된 인봉仁峰 아우

천 년 마애불의 마음 변함없듯이
높은 산봉우리 말이 없듯이
그냥 한결같은 미소로만 답하시게
극락極樂은 언제나 곁에 있으니
더 너그럽고 더 따뜻하게

* 유마힐: 부처님 당대의 재가 제자
* 백거이: 백낙천, 중국 당나라 때의 시인, 재가 거사居士

가을 너른지

좁은 산골도 너른 듯이 붙인 이름 너른지
늙은 감나무 이웃 담 넘어 슬그머니 팔 걸치고
처갓집 왔다가 선걸음에 돌아가는 사위처럼
해 떨어지기 바쁘게 먹물 번지듯 어둠이 스며들면
부엉이 뺨치게 밤눈 밝은 녀석들이
간간이 닭서리로 온통 마을을 들쑤셔놓던 곳
오밤중 울 어매 베틀소리에 단잠 설치고
농사일 서툰 울 아배 눈만 뜨면 뻐끔담배 피웠다

너른지, 가벼운 중 떠나자고 이삿짐 쌌던 고향 하늘
이 집 저 집 이 빠지고 무너진 돌담 사이
서늘한 가을바람만 드나드는 빈집 많아 왠지 춥다
타향살이 설움이야 밤을 새워도 다 못 풀어놓겠지만
숨 떨어진 다음에야 돌아온 우리 아배 어매
그나마 누울 자리 있어 한시름 덜었는데
나고 죽고 떠난 사람 많아 낯선 골목 낯선 하늘
허전한 마음만 뜬구름마냥 서성인다

삶이란 너나없이 바람이나 빗물 같은 것
어느새 손아귀를 빠져나와 슬그머니 사라지고

다시는 생각 말자 해도 이내 되돌아오는 고향 하늘
쑥부쟁이 꽃들만 지천으로 핀 언덕 너머
너른지, 잡초 뒤덮인 산중 논마저 허허벌판이다

* 너른지: 경남 고성군 판곡리의 우리말 이름, '널골'의 바뀐 이름

저승꽃

옥玉이도 석石이도
새치머리 대머리도
아랑곳없는 꽃

사주팔자에는 없는 꽃
너나없이 짜증만 내다 마는 꽃
못난 사람 더 못나게 하는 꽃

꽃 지자 슬그머니 피는 꽃
저승에 뿌리박고
이승에서 피는 꽃

법정스님도 못 이긴 꽃
거울 앞에서 한숨만 쉬는 꽃
그래 봤자 허탕만 치는 꽃

4부

영원한 단순화법

무제

1
어줍잖은 감기고뿔에 걸려
꼬박 열흘을 앓았다
달리 빌 데가 생각 안 나
왼손바닥으로 이마의 땀만 훔쳤다

판수 무당을 부르고 싶어도
어머니가 없다
각시붓꽃 같은 어머니

배고픈 객귀를 물리려고
시퍼런 부엌칼 대신
초승달을 문밖에 던졌다

2
방 안에 달마도를 걸어놓고
걸어서 절에 갔다
절을 몇 번 해야 몹쓸 병이 물러날까

자는 척 업히고 싶어도

아버지가 없다
먼 산 뻐꾸기 같은 아버지

막힌 굴뚝을 틔우려고
생솔가지 대신
젖은 눈썹을 아궁이에 밀어넣었다

무인도

우리 서로 많이 아는 것 같았는데
더 모르는 일 많아 가슴 답답하니
그날 그 기억은 어디 두고 먼 바다를 헤매어
다시 조막만 한 섬으로 몸져누웠느냐
내 뱃머리에 사랑의 이름으로 비끄러맨
작은 배 한 척 부릴 틈도 주지 않고 당신은
말없이 새벽안개처럼 깊이 잠들었으니
젊은 날 별빛 속 만남은 너무 가벼웠구나
밤낮없이 나눈 밀어는 밀어대로
그리운 마음은 마음대로 헤아려보았지만
우리 서로 오가는 뱃길 한꺼번에 끊어져
이제는 영영 남남이 되겠구나
밧줄 끊어져 그냥 스쳐가는 무인도가 되겠구나

바위

꼭 말을 해야 말인가
깎고 다듬은 신전의 기둥보다
원석으로 남은 내가 더 행복하다

지금은 차갑게 식었지만
일찍이 이글이글 타오르던 불덩어리
가슴은 아직도 지심처럼 뜨겁다

나의 언어는 오로지 침묵
단 한 줄의 변명도 허락하지 않는
영원한 단순화법이다

차를 마시며

한두 번 만나 사람의 속내를 알 수 없듯이
첫물에 나는 풋내엔 너무 실망하지 마시게
두세 번 찻물을 가신 다음에야
천천히 아주 천천히 떫은맛이 옅어지고
있는 듯 없는 듯 차향이 목울대를 적시면
어쩌면 우리네 인생이 이런 맛인지도 몰라

말리고 덖고 띄웠으니
단번에 시름을 다 비울 수는 없지만
우려낼수록 맑아지는 찻잔을 내려놓고
잠깐, 우리 얼굴 한 번 마주보면 어떨까
모르면 몰라도 생불生佛로 맞불을 놓았으니
찻잔 속의 화엄세계를 설說한들 무슨 허물

이심전심이 만 권 경전보다 낫다면서
물맛 싱거워진 부처님 높직이 앉은 채
보일 듯 말 듯 염화미소를 머금을 때
구름에 가린 달이 덩달아 웃든지 말든지
난 정말 모르네 눈곱만큼도 모르네

불혹不惑 또는 물혹勿惑
-어느 기러기아빠의 고백

어제는 석 달 남은 적금을 해약하고 오다가
사십계단에 주저앉아 병나발을 불었다
오늘은 허파에 물혹 생긴 친구 문병하러 갔다가
오래전에 헤어진 여자 만나 곱창을 구워 먹었다

훌쩍훌쩍, 처음부터 여자는 눈물을 마시고
홀짝홀짝, 술은 나 혼자 다 마셨다

불혹不惑도 모자라 물혹勿惑이라니
비슷한 것 같지만 엉뚱한 말이네
구절양장, 불혹과 물혹을 되풀이하다 잠이 들었다
그사이 바다 건너 아내와 아이들이 다녀가고
함께 날아가지 못한 그리움만
허공을 맴돌다 추락한다

피난살이 서럽던 사십계단 지나면
숨 몰아쉬며 밤늦게 혼자 오르는 산동네
거기 먹빛 어둠 더듬어 작은 형광 불빛 밝히고
통도사 적멸보궁보다 더 허전한 적막강산에 앉아
어제 남은 식은 밥을 먹고 있는 수척한 그림자

제 몸 하나 가누기 힘든 벼랑 끝에서는
차라리 새가 되고 싶은 마음 거짓 아니다
이제는 불혹 아닌 금지된 미혹迷惑의 갈대밭머리
무록무록 끼룩끼룩 내가 운다, 기러기처럼

허무한 부탁

아무리 내 몸이 허전해도
질 나쁜 여자는 가까이하지 마라

혹여 친구가 좋다고 함부로
철없는 녀석은 사귀지 마라

놀고먹은 지 하도 오래라서
마누라마저 종적을 감춘 옆집 아저씨
한 잔 술에 거나하게 눈시울 붉히며
몇 번이고 신신당부했다

그때는 무슨 말인지 몰랐는데
다시 생각하니 우습고 씁쓸하다
괜히 뒷맛이 짠하고 쓸쓸하다

태화공원에서

십리 대밭머리 선들바람 속살을 간질이는
울산 태화공원 끝자락 그 어디쯤에서
슬그머니 그대 손 한 번 잡았으면 좋겠네

양귀비는 없고 꽃양귀비만 만발한 둔덕 너머
눈곱만 한 안개꽃 무더기무더기 끌어안고
따끔따끔 작은 벌떼에게 쏘여도 아프지 않겠네

함박꽃이면 어떻고 작약이면 또 어때
큼 큼 큼 허파꽈리가 미어지도록
모처럼 함박웃음 터뜨리며 실컷 웃겠네

꽃향기에 취해 누가 비틀거리거나 말거나
오늘은 덩달아 맞장구치면서
살면서 근심 많은 이 활짝 웃으면 참 좋겠네

시작 노트 오랜만에 울산에 갔다. 유황냄새 분진 악취에 코를 들지 못했던
옛날 기억이 떠올라 이제는 사람 사는 세상으로 바뀐 울산의 새 모습에 미
소를 지었다. 杜甫의 '國破山河在 城春草木深'(春望)과 같은 허무적 느낌이
아니라 생동하는 도시의 정취가 가득했다. 평소 보기 힘든 작약(함박)꽃 향
기에도 흠뻑 취했다. 그래서 봄은 생명과 환희의 계절이다.

7월의 바람

바람도 7월에는 삼베 등받이를 벗는다
한 번 맛보다 버릇된 호박엿처럼
심심하면 날콩이나 볶아 먹으면서
장마통에 전쟁도 가난도 모르던 때를 생각한다

7월엔 바람이 산그늘 따라 눅눅하게 불어오고
이제 초복 지나 떫고 풋풋한 아이들 서넛만
도랑 치고 가재 잡는 재미에 흠뻑 빠져
저녁 불빛이 마중 오는 것도 잊어버린다

봇도랑 미꾸라지들이 통통하게 살져가는 마을
고샅길 돌담들 시나브로 이가 빠지고
두 집 건너 한 집에 주홍빛 불을 밝히면
늦은 밥상머리 달그락달그락 수저가 놓인다

바람도 7월에는 그리운 호박엿처럼
달콤함에 길들이다 쌉쌀하게 입맛을 잃고
매운 모깃불에 공연히 눈물만 글썽글썽
아무 죄 없는 아이들만 밤새 별을 헨다

실크로드를 꿈꾸며

어찌 나뿐이겠느냐만
허리 더 굽기 전에 실크로드에 가고 싶다
시안에서 이스탄불까지 장장 삼만 리
그 발길 남으로 돌려 천축국 어느 나무그늘이든
유독 진리에 목마른 구법승만 오갔을까

새끼 낳고 탈진한 어미 낙타 곁에서
애타게 마두금을 켜는 늙은 카라반도 보이고
밤이면 별비가 쏟아지는 무한광야를
어쩌면 신기루 같은 전생을 좇아가는 나그네의
화톳불에 흔들리는 속마음도 흔들린다

툰황 투르판 우루무치 멀리 사마르칸트까지
여윈 낙타 등에 누추한 몸 맡기고 다다르는
장수마을 훈자에는 장수매화도 피었으리
자갈사막 모래사막 어쩌다 오아시스도 만나고
내 고향 계림에도 저 달이 뜨겠지

버리지 못한 속세의 인연에 눈물짓던
수륙만리 돌아온 혜초도 수수만 번 무릎을 꺾던 길

천산남로 천산북로 어디든 발길 닿는 곳마다
내 지은 죄 내 탓 아니라고 도리질해보지만
어차피 업보는 운명도 숙명도 아닌 인연의 그물

부처는 무엇이며 나 또한 누구인가
뜬금없는 물음으로 새삼 무얼 새로 얻으랴만
구름에 업혀서라도 가고 싶은 서역 삼만 리
달그림자 스러진 꼭두새벽 별만 총총한데
나그네 외로운 그림자 꿈만 젖는다

낙엽귀근 落葉歸根
-화명수목원에서

준다는 말은 얼마나 따뜻한가
아낌없이 준다는 말은 얼마나 더 가슴 뭉클한가
가을도 무르익어 서녘으로 기울어지던 어느 날
낮술에 취한 금정산을 보았다

뉘엿뉘엿 지는 해와 어느덧 주름살 가득한 사내
울긋불긋 물들어가는 계절의 풍경 속에서
너는 어디에서 왔다가 어디로 가느냐
해거름 옷섶을 파고드는 돌개바람 따라
어디론가 쓸려가는 낙엽에게 물었다

아낌없이 주고도 남은 제 몸마저 주기 위하여
말없이 갓 태어난 숲으로 되돌아가고 있었다
공연히 얼굴 불콰하게 익은 사내만 부끄럽게
차츰 길어지는 제 그림자 밟고 서 있었다

산정호수

세상의 머리 꼭대기에서 물을 본다
머리 꼭대기까지 차오르는 분노를 본다
하필이면 눈물겨운 진달래꽃도 피고
벚꽃 하늘하늘 떨어지는 산정에서
세상에서 가장 외로운 사람의 눈망울을 본다
오늘따라 바람도 갈래갈래 흩어지고
골짜기마다 물길이 좁아드는 산 줄기줄기
세상의 발가락 끝에서는 복사꽃이 피는데
아직 조바심 낼 때 아니다 혼잣말하면서
가슴 밑바닥에서 치미는 울분을 본다
눈물 그렁그렁 고인 산정호수를 바라본다

상현달

우리 이지러진 사랑을 조금씩 채워갈 때
전생은 아무도 모르게 스쳐간 황혼 같은 것
살아갈 날이 꼭 이만큼만 밝아서
발바닥의 티눈은 보이지 않아서 좋겠다
초경初經 무렵 소녀의 부끄러운 눈썹머리
꼭 그 높이로만 하늘을 우러르고
속살은 보일 듯 말 듯 박꽃으로 피다
우리 비밀스런 사랑은 지금부터이니
달은 가슴속에 반너머 차올라 밤새 출렁인다

패러디는 슬프다
-삶과 그리움

일어서는 건 한참이더니
넘어지는 건 잠깐이더군

밤낮으로 죽네 사네 하더니
헤어지는 건 금방이더군

태어나는 건 열 달이더니
죽는 건 순간이더군

그리움은 한평생 떠나지 않더니
패러디는 돌아서자마자 슬프더군

뿔 없는 소
-교육개혁

우직愚直하기로 소문난
우리나라의 소
벌써 열일곱 번째 뿔을 잘랐다

다음번엔 꼬리를 자르지 않을까
지레 겁이 난다

칼 든 사람들의 시퍼런 서슬
썩은 무라도 베어야 직성이 풀릴까?
牛 牛하는 바람소리에 잠을 설친다

좁쌀꽃
-생명의 힘

무슨 힘으로 뿌리를 내렸는지
어둠을 뚫고 얼마나 머리를 치받았는지
보도블록 틈새 사이사이
잔디가 촘촘히 자라고 있다

앞으로 나란히
좌우로 나란히
일렬종대 일렬횡대로
새파랗게 팔을 벌리고 있다

저것 봐라
두 눈 크게 떠야 보이는
앙증맞고 눈물겨운 좁쌀꽃

담장 안 태산목 꽃이
목을 길게 빼고 내다보고는
벌린 입을 다물지 못한다

좁쌀만 하다고 좁쌀꽃

꽃을 피우고는
얼마나 만세를 불렀을까

꿈

밤새 꿈에 시달렸다
영험靈驗도 없는 꿈이
나를 십 년 전 이십 년 전으로 데려간다

지구를 수천 바퀴 굴러간 일들이
스멀스멀 머릿속 깊은 곳에서 기어나와
단잠을 갉아먹고는 연기처럼 사라진다

용꿈 개꿈 돼지꿈 헛꿈
태반은 기억도 안 나는 잡동사니들이
몽롱한 잠결에서 놀다 돌아가면
한동안 허전해지는 기억의 뜰

아무렴 눈뜨고 살아있는 이승이
모두가 한바탕 꿈속인 것을
흐린 눈빛으로 바라보는 창밖에는
지금 꿈같은 봄꽃이 만발하다

5부

당신이 따라 웃는 날

코로나 블루

엄마, 나 아파
그 말이 마지막이 될 줄이야
채 꽃피우지 못한 생애를 한 줌 재로 흩뿌리고
다정했던 언어는 시간 저편으로 사라졌다

죽음은 잘나고 못난 것을 가리지 않는다
더더욱 옳고 그른 것도 따지지 않는다
사람들은 자기도 모르게 침묵을 배우고
공포가 지나가는 골목 곳곳에 숨어
불안한 가운데 살아있다는 사실만으로 감사했다

예사로 던질 수 있는 '사람이 먼저'라는 메시지
어느 누구도 죽음을 초월할 수 없었고
오직 살겠다는 본능만이 비루하게 차고 넘칠 때
우리 모두 육친의 숨소리마저 멀리하며 견뎌냈다

먼저 발 벗고 나선 흰 방호복의 헌신에 감사하고
열일곱 살 아들을 가슴에 묻은 어머니를 기억하라
참으로 힘들고 슬펐던 사람은 말을 아낀다
저마다 뒤엉키고 흐트러진 일상을 추스르면서도

코로나 블루, 이 한마디에 입술을 깨문다

.

시를 위한 변명

생각은 언제나 말을 앞질러 달아나고
말은 걸핏하면 발목이 접질려 주저앉는다
병약한 사람은 대번에 골병이 든다

시를 시건방진 짓이라고 눈 흘기던 그대여
말이 눈밭에서 오도 가도 못하듯이
기쁨과 슬픔, 희망과 절망, 도약과 좌절
혼자서는 마시지 못하는 공감의 술잔

말은 자칫 한 마디 말을 그르쳐 달아나고
말머리를 돌리자마자 길을 잃는다
그래서 시인은 자주 갈피를 못 잡는다

시란 생각보다 무서운 중병이다
치매보다 고약한 실어증을 동반한다
걸리면 죽는, 슬프고 치명적인 맹독이다

바람의 주소

내가 먼저 웃고
당신이 따라 반기는 어느 날
외발로 선 허수아비 눈썹 찡그리며
애써 얼굴 돌리지 않아도 좋으니
슬그머니 손 한 번 잡았으면 좋겠네

손잡고 하마 그리던 옛 동산에 올라
아름드리 소나무 껴안고 마주 보며
서로 깜박이는 속눈썹이 마냥 부끄러워도
그냥 가만히 눈감아주는 고마운 사람
갑자기 입술 닿으면 그땐 황홀하겠네

뒤돌아보고 또 돌아보며 지낸 어느 날
성긴 머리카락 온갖 생각으로 헝클어지고
큰 그리움 작은 아쉬움에 밤새 잠 못 들어도
오랜 찻집에서 마냥 너를 기다리는 동안
몇 번이고 옛날 노래 다시 들어도 좋겠네

그러다 천 줄기 바람*이 된 나의 영혼이
잘 익어가는 곡식들 위에 햇볕으로 머물다가

단풍 고운 산마루 하늘 꼭대기까지 날아가
밤하늘 글썽글썽 영롱한 별이 된다면
그땐 네 이름 영영 잊어도 울지 않겠네

* 천 줄기 바람: 인디언 전래시 '나는 그곳에 없답니다'에서 따옴

맨드라미처럼

집들이 마구 헐리고 있습니다
키 큰 창웅 씨도 마음이 먼저 바삐 돌아갑니다
가림막 사이로 스멀스멀 새어나오는 미세먼지
차츰 차츰 눈 못 뜨고 숨이 막힙니다

한 뼘 두 뼘 세 뼘, 열 자 스무 자 서른 자
마당이 사라지고 탱자울타리가 뽑히고
시멘트 바닥을 긁어대는 포크레인의 마찰음
큰골 작은골 숨골까지 마구 후벼 팝니다

감나무에 걸린 선홍빛 해도 흙더미 속에 처박히고
자꾸자꾸 올라가는 철근 골조가 하늘을 찌르는데
레미콘 두서너 대 꾸역꾸역 콘크리트를 게워냅니다

내 아들 또래의 인부들 하얀 헬멧 위에 방금
흙더미에 처박혔던 해가 게거품을 내뱉는 풍경 속
핏물 같은 황토물만 질척질척
신발 젖지 않으려는 나를 무턱대고 집적입니다

아침부터 아파트 공사장에 얼씬거리는

선글라스아줌마 실크머플러 펄럭이며
스마트폰에 대놓고 목청을 높이거나 말거나

누군가가 버리고 간 장독대 오지그릇 뚜껑 곁에
낮닭처럼 볏이 짓눌린 맨드라미꽃 몇 송이
목이 잠겨 제대로 울지도 어쩌지도 못합니다

진흙 속에 처박힌, 정오 무렵 가까운 해처럼
선글라스아줌마 입술 가에 번지는 립스틱처럼
짓눌려 시원하게 한번 울지도 못하는 맨드라미처럼

삐딱한 피에타

삐딱한 김기덕이 황금사자를 타고 금의환향했다
아리랑으로 수상 소감을 대신하는 장면에서
갈 데까지 가 본 한풀이가 그다웠다

정작 로마 베드로대성당 구경은 못했지만
백년을 두고 지었다는 시드니 마리아성당에서
죽어서도 살아있는 모자母子를 처음 만나
진공의 고요 앞에서 한동안 입을 다물었다

해바라기만 해를 따라가는 줄 알았는데
남반구의 나무들 북쪽으로 기울어져 있었다
무작정 반듯하기만 바라는 사람들이여
그 시절 청년 예수가 가장 삐딱했을 것이다

죄 없는 자 이 여자를 돌로 쳐라
무슨 말이 이보다 더 절절할까
만인의 죄 혼자 떠메고 가던 당신은
이제 단장斷腸의 슬픔을 뛰어넘어
범접할 수 없는 절대침묵 속에 살아 있다

구원의 성모 마리아를 믿든 말든
사랑은 피로써 쓰는 고통의 반어법
가출한 소년처럼 황량한 세월 생각하며
삐딱한 김기덕의 열정에 박수 보낸다
그렇다고 그를 무작정 따라 베끼지는 않겠다

열정과 온정과 냉정 사이에서
유독 열정이 돋보였다는 것으로 만족하자
사랑의 실체를 찾아 홀로 광야를 헤매던
젊은 예수의 고뇌와 비탄에 머물지 말고
낮은 곳을 향해 다시 무릎 꺾으며
라 피에타, 두 손을 모아 기도하자

* 2012년 영화 '라 피에타'로 세계적 명성의 베니스영화제 황금사자상을
탔을 때 환호했다. 2018년 '미투'운동의 소용돌이 속에 그가 가해자로 지탄
받았을 때 낙담했다. 그는 사람들의 뇌리에서 잊혀지고, 세계를 떠돌면서
재기를 꿈꾸었지만 2020. 12. 11. 발트 해 연안의 라트비아에서 코로나로
유명을 달리했다는 소식을 접했다. 이 시는 사람들의 뭇매를 맞고 그리고
잊혀진 가운데 그는 갔지만 2003년 8월 호주 시드니 성당의 '피에타' 상을
보았던 기억을 되살려 쓴 시다. '죄는 밉지만 사람은 미워하지 말자'가 떠오
르는 날이다.

아킬레스건腱

늦은 아침을 들던 초가을 어느 날
이리저리 채널을 돌린다
손 닿지 않는 화면 속의 피안에선
벽안의 샤라포바가 강서브를 날리고
이십대 탄력 있는 몸매가
공보다 한 뼘 높게 튀어 오른다

멋모르고 게임에 뛰어든 화면 밖의 사내들이
번번이 영패零敗에 몰리는 막간을 틈타
창검이 부딪히고 시석矢石이 오고가는
트로이전쟁이 혈전에 혈전을 거듭한다
목마木馬와 아킬레스의 죽음이 교차되는 속에서
승자와 패자는 진정 누구인가
구원久遠의 여인 헬레나여

신화도 영웅도 사라진 척박한 이 땅에는
영원히 부정할 수 없는 아름다움 때문에
아침나절 한때 아내들의 속은 괜히 불편하고
나는 오래전에 다친 아킬레스건을 쓰다듬으며
그림의 떡인 또 다른 헬레나를 바라본다

뜬금없이 안방의 평화를 걱정하면서

물소리경經을 읽다

날마다 걸어 다니는 온천천 물가에서
상류로 거슬러 오르는 물고기를 보았다
생명이 살아있었구나 모두들 비슷한 공감으로
말없이 감탄사와 물음표를 던졌지만
물은 그냥 담담하게 경經을 읽고 있었다

이럴 때의 단순명언은 무엇인가
물은 언제나 낮은 곳으로 흐른다는 말로써는
도무지 물의 깊이를 가늠할 수 없고
저렇게 바닥이 보이는 물도 심연深淵이다

한두 뼘 깊이에서 생명이 숨 쉬는 이치를
내 얕은 그릇으로 다 담을 수는 없다
물고기가 거슬러 올라오는 물길에서
최소한 살아있으면 떠내려가지는 않는다고
때로는 순응하고 때로는 거역하면서
하루하루 생존의 지느러미를 멈추지 말자

사람 사는 일이 저 물과 같아서
더러 거스르는 일도 눈감아주기를

아니 이건 과욕이야 자책하며 다시 걷는
내 흐린 피도 간혹 고르지 못한 오후 세 시
때늦은 생각을 일깨워주는 물소리만
묵묵히 경經을 읽으며 흘러갔다

옥수수 회심곡

꼬부랑 할머니 길 가면서
우적우적 삶은 옥수수 잘도 잡수신다
틀니인지 생니인지 내 알 바 아니지만
입으로 씹다가 손으로 까다가
참 맛도 좋은지 쉬지 않고 잡수시는데

왜 하필 우리 어머니 생각이 날까?
마흔 넘자 어금니 하나 둘 빠지고
환갑도 되기 전에 아래윗니 다 사라져
틀니 하면 자식에게 안 좋단다
그 말씀 하시고는 잇몸으로만 사셨던

아내에게

우리 짧지 않은 생에서 만난 오르막길 다 헤아릴 순 없지만
서로의 숨소리까지 훤히 들여다보듯 가쁘게 몰아쉬면서
가풀막 올라서면 또 다른 산봉우리가 치어다보이고
되돌아갈 수 없는 삶의 등고선에서 어쩌다 곁눈질하면

참 겸연쩍게 이마의 주름살만큼 애환이 굽이치는데
땀방울 사이로 맺히는 아픔 몇 굽이
계곡과 산등성이 언저리에 오르내리는 시름 몇 자락
낭떠러지와 산마루 그 어느 지점에선들 숨 고른 날 있었
으리

그래도 손잡으면 정다운 듯 그마저 아쉬운 듯
겁 많은 노루 같은 당신 만나 이 땅에서 평생을 살았으니
마주하고 사랑하는 것 이상의 일상을 무엇이라 부르랴

뜨고 지는 해의 명암만큼 더 가까운 이승을 지척에 두고도
부디 살아만 있어다오 날마다 두 손 한데 모으면서
뒤뚱뒤뚱 엉금엉금 참 민망한 보법의 당신을 지켜보며
다시 태어나도 이러하리라 다짐 따위는 모르지만
그래 곁에 있어 주어 고맙다, 다행이다 괜히 눈시울 젖는다

명선도*

얼핏 이름 들어본 것 같은데 왠지 얼굴 생소하니
있어도 없는 섬 하나 찾아 내 여기 왜 왔던가

걷다 보면 이내에 젖은 모래 한 웅큼 금세 그득해지는
신발을 들고 그대 그림자 밟으며 천천히 따라가면
둘레 한 마장도 못 되는 손바닥만 한 섬에서
몇백 년 묵은 소나무 떠억 버티고 있는 산꼭대기

내 몸 두 아름 치수 안아보고 마구잡이로 흔들어도
본 체 만 체 솔방울 하나 떨구지 않는 낙락장송이여
치술령 건너다보며 입술 깨물었던가 눈물 훔쳤던가

우리말로는 감풀*도 육계도란 말도 잊은 채
후박나무 무성한 섬 갓길을 내려서면
이익도* 바윗돌 몇 개 울먹이며 자작자작 물결에 잠기고
경순왕 천년사직의 왕업이 부표처럼 떠올랐다 사라진다

* 명선도: 울산광역시 울주군 서생면 진하리에 있는 작은 섬
* 감풀: 모세의 기적처럼 열리는 바닷길
* 이익도: 신라 마지막 왕 경순왕을 상징하는 작은 바윗돌

분수

뭔가 잔뜩 치밀어오르는 때가 있다
분통이 터져 길길이 뛰고 싶을 때가 있다
사람 사는 일이 언제나
잔잔한 호수 같을 수야 없으니
때로는 물구나무를 서서 하늘에다 대고
냅다 발길질을 하고 싶을 때가 있거든
그대여, 분수가 치솟는 이 공원으로 와 보라
잠시 잠깐 솟구치기를 멈춘 분수대 위로
아슬아슬한 즐거움에 흠뻑 젖으며
잊었던 동심을 어깨동무해 보라
꼭 내리쏟는 폭포가 아니어도
한여름 무더위까지 한꺼번에 물러가리니
이왕이면 물벼락 맞을 셈치고 자박자박
그냥 푼수 같이 맨발로 걸어 보라

비밀

이거는 비밀이거든 하고
소곤소곤 일러주던 친구의 거짓말을
보태고 또 보태서 불어나는 비밀의 샘을 찾아가면
가을철 가랑잎 부스럭거리는 소리를
샛서방 만나 치마 끈 푸는 소리로 잘못 알아듣고는
공연히 입이 간지러워 한 입 두 입 건넌 것이라는데
하필 소소한 것도 입방아 잘 찧는 김서방네
좋은 사람 좋다고 딱 한 번 눈인사 건넨 것 갖고
동네방네 조리돌림은 안 하것제… 암만
글씨 나도 모르것소 슬쩍 눙치면서 하는 말
낮말은 새가 듣고 밤말은 쥐가 듣는다고
그것도 죄라면 죄, 비밀이라면 비밀
두 사람 알아서 잘 해보시오 잉

제비를 그리며

진도 울돌목 박꽃 피는 마을에서
오랜만에 제비를 보았다
아직 제비가 사는 곳이 있구나
혼자 정신없이 허공을 맴돌았다

젊은 시절 곁방살이 십년
오두막이라도 내 집 지어
제비집 한 칸은 백년 거치 천년 상환
공짜보다 더 싸게 세들이고
박덩이처럼 자식새끼 주렁주렁
참 무던한 흥보아비가 되고 싶었다

그러구러 삼십 년
누가 박씨를 물어다 줄 리도 없겠지만
우리 것은 좋은 것이여
박동진의 사설이 아니라도
춘삼월 이맘때면 은근히 제비를 기다렸다

아무렴, 강남이 어디인지 모르는 사람 없고
흥보가 한 대목에도 추임새가 뒤따르는데

제비들은 다 어디로 날아갔는지
촘촘한 아파트 사이사이 미세먼지만 가득하다

천안함의 바다

다음에는 우리 백령도에 가자
장산곶마루에 인당수가 거기 어디쯤
연평도 조기보다 꽃게가 더 맛있다고
낭만과 전설과 식도락이 분분하던 그 바다

2010년 3월 26일 밤 아홉 시 22분
천안함 침몰!!! 뉴스 특보
청천벽력, 천지가 두 동강난 듯한
불길한 소식에 등줄기가 서늘했다

천안함, 말없이 불안의 바다를 지키다
불의의 비수에 쓰러진 불운의 초병이여
무엇으로 이 비통함을 달래야 하나 차라리
불 뿜으며 싸우다 장렬한 최후를 맞았다면

봄볕 따습거든 우리 결혼하자
피 뜨겁던 젊은이의 설레던 가슴
축하한데이, 아들아 3월 29일
피눈물로 쓴 아버지의 생일 축하 편지
무슨 말로써 마흔여섯 영웅들을 기릴까

몇 번을 생각해도 안타까운 한주호 준위
차가운 물속에서 철벽을 두드리며 행여나
살아있을지도 모르는 바다사나이들을 위하여
제발 살아만 있어다오 간절한 염원과 기도

산 자의 아픔과 슬픔을 함부로 말하는 자 누구인가
어머니, 수술비 모았어요, 만기적금통장 남긴 아들하며
주검으로 돌아온 그대, 그대들을 보내며 말을 잃었는데
바다는 아직 불신의 안개에 휩싸여 목 놓아 운다

오래된 구두

어느 늦가을 아득한 시간 저편의 전화 받고 초등학교 동창회에 오랜만에 구두 신고 가보니 빼꼼하게 열린 문틈으로 새파랗게 젊은 내 목소리 들린다 열중 쉬엇! 차렷! 문호는 오늘도 결석이가? 일수는 또 지각이네 아직 육성회비 안 낸 사람 손 들어봐라 다음 모의고사 꼴찌하면 운동장열 바퀴다 회초리 이리저리 흔들고는 딱 딱 딱 숙제 안 해온 아이들 손바닥 때린다

선생님, 일찍 오셨네예 응 응 고개 들어보니 여학생 고무줄 혼자 끊다시피하던 근칠이 꾸벅 절하고는 머리 긁적거리는데 희끗희끗 중늙은이 다 되었구나 수학 잘하던 영만이는 서울서 과외학원 한다며? 아 참 책벌레 홍순이는 인천에서 서점 냈다니 요즘 같은 불황에 잘 될란가 몰라 약국집 외동딸 영란이는 이민갔다고? 그보다는 말수 적은 서분이 아직 혼자라니 서운하고 수옥이 얼굴 못 알아봐서 미안하다 아무튼 만나서 반갑고 불러줘서 고맙구나

나한테 꾸중 듣고 매 맞아 유감 있는 사람들 오늘밤에 시원하게 풀자 선생님은 하나도 안 늙었심더 새빨간 거짓말 늘어놓고 끼리끼리 와자지껄 흥이 넘칠 무렵 공치사에 취

했는지 추억의 허방다리에 빠졌는지 혼자 돌아오는 길 다
리가 휘청휘청, 오래된 구두 거죽은 견딜 만한데 바닥 먼
저 느닷없는 가을비에 젖는다 내 살아온 길 먼 먼 기억 저
편 향해 손을 흔들면 적빈의 살가죽에 빗물이 스민다 낙엽
마저 하나 둘 포도에 떨어지는 늦은 가을밤

사랑은 고통의 공회전이다

당신은 아는가 고통이 어디에서 오는가를
꽁꽁 언 길바닥에서 자동차가 헛바퀴를 돌 때
가까스로 나은 줄 알았던 감기고뿔이 도질 때

고통은 초대하지 않아도 오고 멀리하고 싶어도
평생을 망친 여자의 혓바닥에서 흘러나와
살아있는 동안 쓰디쓴 침샘에 고이고 또 고인다

가령 그것이 그리움이나 기쁨의 산물이라 해도
그 즐거움 뒤에 죽음보다 더 지독한 후회가
쉬지 않고 기다리고 있다는 것을 알면서도
뻔히 보이는 눈앞에서 사랑은 헛바퀴를 돈다

이건 낭패가 아니라 실수라고 자위를 하더라도
사랑은 결국 헛고생만 하고 남는 것은 없다
그런데도 사람들은 미련하게
평생에 오직 한 번뿐인 만남을 기다린다
그것이 지고지순한 사랑이라 믿으면서

사람들은 결국 뼈아프게

사랑, 그 쓸쓸함에 대하여[*]를 되풀이하면서
너나없이 벌건 대낮에도
쳇바퀴를 돌리게 된다 말하자면

사랑은 행복으로 가는 길목이 아니라
그것이 고통의 시작인 줄도 모르고
수없이 공회전만 되풀이하는
수레바퀴의 뒷축이다

* 사랑, 그 쓸쓸함에 대하여: 양희은이 부른 노래

6부

존재의 고마움

가설과 진실

가령 누군가가 새벽에 눈을 떴을 때
왠지 딴 나라에 온 것 같아 맨살을 꼬집으면
아직도 내가 살아있다는 기쁨과 함께
존재의 고마움에 가슴 울렁이는 일일 테고

또 누군가 들길 산길을 거닐다가
이름 모를 풀꽃의 향기에 취했다면
미처 몰랐던 생명의 섭리를 생각하고
아름다움은 가까이에 있음을 깨달은 일이며

내가 밤하늘의 별을 헤고 또 헤다가
불현듯 번득이는 영감을 얻었다면
이 드넓은 우주에서 모래알보다 작은 영혼이지만
진리는 결코 가볍지 않음을 느낀 일인데

아직도 몸과 마음을 붙드는 사람이 있어
마주 바라볼 수 있는 것만으로도 행복할 수 있다면
세상 그 무엇과도 바꿀 수 없는 절실함으로
누군가를 몹시 사랑하는 일이 아니겠는가

가시고기의 꿈

삶과 죽음이 공존하는 허허벌판에서
어떻게 죽을 것인가를 곰곰이 생각할 때가 있다

미안하다는 말 한 마디로 떠나기에는 왠지 무정하고
엄마 방에 보일러 놔 드리라*는 말은 좀 그렇다
죽을 때에는 누구나 착해진다는 말의 진위 여부를 떠나
너는 얼마나 헌신하며 희생하고 살았느냐

눈을 감으면 주마등처럼 떠오르는 지난날들
한 마리 가시고기로 살지 못했음을 부끄러워하고
비린 살점이나마 남기지 않았음을 후회한다

사랑이라는 깃발에 펄럭이는 청춘을 매달고
기약도 없이 광야를 내달리던 기백과 만용이여
무엇인가를 향해 좇고 쫓기던 삶의 길목과 골목마다
무슨 복병처럼 나타나던 참회와 반성의 지뢰밭
허리 굽고 걸음 더딘 지금 와서 생각하니 무람하다

머지않아 떠나야 할 길 위에서
사랑이 만장 같은들 누가 알겠느냐

오장육부 다 주어도 모자라는 염원이라면
지금이라도 한 마리 가시고기로 살고 싶은 것이다

* 김용택 시인 아버지의 유언

밥을 먹으면서

밥상은 신전이다
살아있음으로 날마다 감사하고
밥상 앞에서는 더욱 경건해져야 하는
사람 사는 게 뭐 그리 대단한 것 같지만
밥 먹는 일만큼 거룩한 일이 어디 있으랴
단지 몇 시간이면 똥이 되는 밥을 위하여
눈에 안 보이는 손금마저 죄다 뭉그러지고
언젠가 밥 먹으면서 울컥하던 때를 생각하면
한 끼 밥의 고마움은
고마움대로 고스란히 남겨 두고라도
오늘도 밥상 위에 가지런히 수저를 놓는
그 작아도 성스러운 의식을 준비하면서
잠시잠깐 엄숙해지는 마음 하나도
참으로 간절한 기도가 아니겠는가

들리는 소리

젊어도 한창 젊었던 어느 봄날
우연히 다가왔던 그 사람
밤새도록 내 무릎 끌어안고 울었다

새소리 바람소리
가는귀먹어 세상소리 차츰 멀어져도
눈물 젖은 그 무릎 아직 촉촉하고

이름조차 잊은 그 사람
풍경처럼 내 마음 처마 끝에 매달려
이제는 밤새도록 나를 울린다

석탑

사랑하는 것을 더 사랑하기 위하여
새삼 옷깃을 여민다
미워하는 것을 덜 미워하기 위하여
오늘은 뼈를 깎는다

청춘은 돌보다 무겁고
사랑은 진달래꽃보다 슬픈데
종이 울어서 목이 메는 것을 어쩌랴
땀과 눈물이 흘러서 강이 되는 것을
낸들 무슨 힘으로 막으랴

그러니 함부로 밉다 곱다 말하지 마라
수수 골백번 쪼고 다듬고 쌓아올리면서
마음 하나만은 오로지
부처가 되고 싶은 것을 새삼 어쩌랴

오시게시장 2

삶도 짐도 무거워 말 놓겠네
오시게 가시게 인사 한마디 없이
서로 눈길만 마주쳐도 반가운 사람끼리
김 보얗게 서리는 돼지국밥 한 그릇이면
오늘 점심은 마냥 배부를 터
그도 모자라면 두루 눈요기라도 더 하시게
가는 날이 장날이라고 하필
멀쩡하던 하늘에서 가랑비라도 내리는 날
엿장수 가위소리마저 촉촉이 젖거든
그냥 되돌아가기엔 자못 섭섭하지만
어쩌겠나, 다음 장날에 또 오시게

손

온천장 지하철역 가는 육교 지나
두 번째 꺾이는 계단 내려서는데
흠칫 눈앞에 웬 손이 하나 불쑥!
엉겁결에 잡고 보니
삼십여 년 전 어머니의 손
거칠고 굳은살 박인 어머니의 손
얼른 부축하고 되돌아 육교에 올라서자
칠순 할머니 후-유 하고 허리 펴며
고맙소 선부,* 짧은 인사 한마디에
주책없이 눈시울이 젖었다

그날따라 한동안 멀쩡하던 무릎이
갑자기 시큰거렸다

* 선부: '선비'의 사투리

앞과 뒤

뒤가 없는 사람이 있다
앞을 못 보는 사람이 있다
앞뒤가 꽉 막힌 사람이 있다

앞으로 닥쳐올 일인데
뒷일이라고 말하는 뒤
보이거나 볼 수 없는 저 뒤

뒤가 없는 사람
얼마나 너그러운가
앞만 보고 사는 사람
얼마나 당당한가

뒷일을 부탁한다는
우리들의 뒤
얼마나 걱정하고 사는가
당신들의 앞날

앞이 뒤가 되고
뒤가 앞이 되는 뒤죽박죽

너와 나의 생生

가을 풍경

교실 커튼이 한둘 펄럭이는
땅거미 진 교정校庭의 벤치

하르르 다가앉는
그림엽서 닮은 10월의 잎새

쓸쓸하냐고
낙엽 지는 소리가 들리느냐고

아무 말도 없었지만
가을바람이 간간이 쓸고 있는

텅 빈 하늘 텅 빈 교정
그리고는 낙엽 같은 마음

입이 쓰다

아침에 일어나니 몸이 천근만근
입이 쓰다

눈 뜨자 뒤적이는 신문 기사 속에
일그러진 초상들
늦은 밥상머리 뒤적뒤적 깨죽깨죽
입이 쓰다

일주일 열흘 걸러 날아오는 고지서에
잔뜩 움츠러든 통장 잔고
입이 쓰다

갑자기 울린 전화 한 통
멀쩡하던 친구 녀석 영정 앞에
큰절하고 돌아오니
입이 쓰다

그냥

왜 그냥이라는 말 있지
거리낌 없이 스스럼없이
매달리지도 않고
추근거리지도 않고
있는 듯 없는 듯 덤덤하게
싫다고 손 저으면 슬그머니
그림자만 거두어가면 되는
그런데도 그냥 귀에 익은
당신의 목소리와
우리들의 발자국소리

출구

캄캄한 밤중에
별이 없다
단 하나 입구인 눈동자엔
못 본 척 안 보이는 척
빠져나갈 출구가 없다

가련한 심봉사
나에겐 처음부터 팔아먹을 딸이 없다

모퉁이

말투부터가 퉁명스러운
가장자리 따라 휘어지거나 꺾이는 곳
죽어라고 달려가다가는
넘어지거나 주저앉기가 쉬운 모서리
아니면 눈에 멀어져 그늘지고 후미진
또 다른 이름 귀퉁이
내 서 있는 자리 아직
거기 아닌지 물어보고 싶은 때가 있다

비단길

이름만 비단 같은 비단길
금세 별비가 쏟아질 듯한 밤하늘
낙타 속눈썹 위에 내려앉는 모래먼지
가맣게 그을린 소년의 덧니
굳은 빵조각 한 입 베어 물고도 행복한
땟국 줄줄 흐르는 사람들의 웃음소리
신기루처럼 떠오르다 사라진 나의 전생
마음은 모든 것을 만들고 다스린다는
쉽고도 어려운 법구경 한 구절
가고는 소식 없는 이름 모를 나그네

허물벗기

이른 봄 꽃뱀 한 마리
며칠째 허물을 벗고 있다
내공內功의 힘으로 빠져나오려는 알몸뚱이
弓弓乙乙 弓弓乙乙 마침내
살진 찔레꽃 향기 속으로 숨어든다

내 시詩도 이제는
허물을 벗을 때가 한참을 지났다

집

다들 사는 것이 신기하다
재종동서 집에서 하룻밤 눈칫밥 먹고
골목골목 찾아다니며 세든 반지하 문간방
잠결에도 내내 내 가슴 밟고 지나가던
하수도 뚜껑 덜컥거리는 소리
만삭이던 아내는 상한 오징어 회쳐 먹고
토악질 끝에 눈물콧물 쏟았다는 말에 기가 막혔다

미안하다, 사흘이 멀다 하고 일어나는 집안일 때문에
제 새끼 업고 걸리며 사방으로 쫓아다니던 시절
힘겹게 마련한 내 집마저 한참을 곁방살이
그나마 다섯 식구 다리 제대로 뻗지는 못해도
마음 편히 잘 수 있어 너무 좋았다

어쩜 다리병신 될 뻔한 지아비 수발 석 달 너머
똥오줌 받아내며 얼굴 한 번 찡그리지 않던 사람
그걸 사랑으로만 받아들인 나는 누구인가
가까스로 볕바른 집 골라 새로 이사하던 날
무람없이 왔다가 머쓱해서 돌아가던 사촌형님
그도 피안에서 내 집 마련의 꿈 꾼 적 있을까

냇가에서 끙끙대며 날라 온 돌덩이로 화단 쌓고
철따라 꽃향기 그윽하던 옛집에서
처음이자 마지막으로 모셨던 아버지의 숨소리
차츰 닮아가는 허리 억지로 펴며 반성한다

어쩔 수 없는 삶의 변곡점에서 제2의 고향을 떠나
금정산 물소리 새소리 가까이에 새 둥지 틀고
함께 살던 멍멍이 버리듯 남 주고 왔다, 그 멍멍이
밤낮으로 한 달 넘게 옛집 옥상에 와 울었다는데
정 주고 떼는 일 사람의 할 일 아니다 그리고는

강산이 세 번 변하도록 살아온 청룡동 7-2번지
이제는 낡고 헐거워 자주 삐걱거린다
남들은 잘도 새집을 찾아 이삿짐을 싸든 말든
아무려나 내 몸처럼 살붙어 편안하다는 말로써
허술했던 지난날을 감싸고 다독인다

눈빛 흐리고 힘줄 늘어지니 새삼 소중한 그대여
자고 나면 새로 태어나는 자투리 인생

지금 천지가 집 때문에 죽네 사네 하는 세상에서도
그래도 내 집 있으니 예서 사는 날까지 살자고
이심전심, 눈 마주치며 웃어본다
오늘따라 늦가을 햇볕이 사뭇 따스하다

해설

사랑과 향수鄕愁, 현실과 회귀回歸의 4중주重奏

이몽희(시인, 문학박사, 전 부산경상대 교수)

I. 들어가는 말

한경동 시인은 초등학교 교사로 출발하여 고등학교 교사와 부산시교육청 장학사, 장학관, 중등교육과장 등 주요 교육전문직을 거쳐 명문 동래고등학교 교장으로 정년퇴임했다. 교육자로서 성공적인 삶을 살았다고 하겠다. 한편 자전적自傳的인 시로 유추해 본 그의 인생 역정은 고통과 결핍과 시련으로 점철되어 있어 한 인간으로서의 그의 삶이 녹록지 않았음을 엿볼 수가 있다. 직업인으로서의 입신과 생활인으로서의 현실 극복의 과정이 험난하고 치열하였음도 쉽게 짐작할 수 있다. 그러나 그런 힘든 삶의 역정이 그가 시인이 되는 데 장애가 되거나 생계와 출세에 매몰된 범속한 사회인으로 주저앉게 하지는 못했다. 그는 난세를 살면서도 뻘밭의 연꽃처럼 품격을 지키고 바른 길을 걸었다.

정의와 진리를 사랑하고 물질에 연연하지 않았음은 청빈하고 깨끗한 그의 주변과 걸어온 자취의 반듯함이 증명하고 있다.

그의 시는 이런 그의 삶 속에서 빚어진 것이기에 값지고 소중한 것이다. 그의 시는 선비의 시로서 무게와 품격을 지니고 있다. 즐거워도 가볍거나 속되지 않고 멋으로 휘청거리되 벗어남이 없다. 진중하되 권태롭지 않으며 무게를 두어도 유머를 잃지 않는다. 언어를 잘 다루는 장인匠人이며 자신의 내면세계를 거짓없이 담아내는 순박한 시인이다. 이번 시집에 담긴 120편을 주제에 따라 1)사랑의 시 2)전통정서의 시 3)근원 회귀와 향수의 시 4)현실과 삶을 돌아보는 시, 이렇게 네 부문으로 나누어 각 편마다 3~4편의 시를 뽑아 그의 시 흐름과 내용 기법 등을 살펴보았다.

II. 시의 평설

1) 사랑의 시

20편이 넘는 사랑의 시 중에서 3편을 골랐다. 그의 사랑시를 읽어본 뒤 필자가 독백처럼 한 말은 "한경동 시인은 참사랑을 해본 분이야"였다. 그처럼 사랑에 진실했고 그 사랑을 거짓없이 시로 표현할 자세와 능력을 갖춘 시인이다.

뒤돌아보고 또 돌아보며 지낸 어느 날
성긴 머리카락 온갖 생각으로 헝클어지고
큰 그리움 작은 아쉬움에 밤새 잠 못 들어도
오랜 찻집에서 마냥 너를 기다리는 동안
몇 번이고 옛날 노래 다시 들어도 좋겠네

그러다 천 줄기 바람*이 된 나의 영혼이
잘 익어가는 곡식들 위에 햇볕으로 머물다가
단풍 고운 산마루 하늘 꼭대기까지 날아가
밤하늘 글썽글썽 영롱한 별이 된다면
그땐 네 이름 영영 잊어도 울지 않겠네

―「바람의 주소」 3, 4연

이 시는 사랑의 시초부터 종말까지를 마치 성지를 순례
하는 순례자와 같은 행보로 시 속에 녹여 넣은 사랑시다.
순례자의 순례는 지상에서는 끝났을지라도 영혼으로 하는
순례는 영원으로 이어진다. 이 시에서도 '손잡고' '입술 닿
는' 과정을 거쳐온 그 사랑이 현실 어느 시점에서는 끝났
지만 추억 속에서의 긴 여정은 이어간다. 큰 그리움 작은
아쉬움으로 남은 사랑은 '불면의 밤, 오랜 찻집, 옛날의 노
래, 천 줄기 바람, 단풍 고운 산마루, 하늘 꼭대기'의 순례
길을 두루 거치는 동안 불멸의 빛살로 승화되고 결정結晶
되어 마침내는 밤하늘의 별로서 영원한 생명을 가지게 된
다. 이 시는 유한 존재인 인간이 사랑을 할 때 걷게 되는 기

나긴 여정을 보여 준다. 그리고 그 속에 영원으로 이어지는 사랑의 진수가 살아 있다. 그래서 별이 되는 것이다. 사람은 누구나 사랑을 하면 그 사랑의 진수에 닿기 위하여 순례의 길을 떠난다. 마침내는 나를 비움이 사랑의 진리임을 깨닫게 된다. 그 사랑은 하나의 빈 공간이다. 거기에 불멸의 생명이 들어앉는다. 그것이 시인이 기다리는 별인 것이다.

사랑하는 것을 더 사랑하기 위하여
새삼 옷깃을 여민다
미워하는 것을 덜 미워하기 위하여
오늘은 뼈를 깎는다

청춘은 돌보다 무겁고
사랑은 진달래꽃보다 슬픈데
종이 울어서 목이 메는 것을 어쩌랴
땀과 눈물이 흘러서 강이 되는 것을
낸들 무슨 힘으로 막으랴

―「석탑」1, 2연

탑이 되기 전의 돌 몇 덩이, 뜨거운 불로 녹아 흐르며 긴 고통의 길을 걸어왔다. 바위로서 견딘 인종忍從과 침묵의 세월도 길고 힘든 여정이었을 것이다. 깨어지고 깎이는 마지막 고난의 과정을 거쳐 석탑은 태어난다. 그것은 개벽

이래 한 인간이 태어나기까지 걸어온 기나긴 여정을 암시하기도 한다. 이 시인은 그 기나긴 인고忍苦의 역사가 '사랑하는 것을 더 사랑하기 위하여' '미워하는 것을 덜 미워하기 위하여' 걸어야 할 필연의 도정途程이었다고 노래한다. 이 진리는 억겁 침묵의 돌 속에서 시인이 캐어낸 보석 같은 깨달음이다. 한경동 시인은 사랑은 부족하고 미움은 너무 많은 존재가 인간이라는 전제를 그 시구 앞에 숨겨 놓았다. 그래서 석탑으로 은유된 자신은 '모자라는 사랑을 더 늘리고 넘치는 미움을 줄이기 위해 옷깃을 여미고 뼈를 깎는다'라고 시에다 썼다. 미움을 줄이는 것도 결국 사랑이 있어야만 가능한 일이기에 시인은 사랑이 아주 부족한 이 세상에 사랑을 더 보태기 위하여 날마다 옷깃을 여미고 뼈를 깎는 것이다. 이처럼 사랑의 본모습을 꿰뚫어보고 우리가 사랑을 위해 무엇을 해야 할 것인가를 제대로 시로 나타내는 일이 그리 쉬운 일은 아닐 것이다. 한 사람을 사랑함에도 내 사랑이 모자람을 깨달을 때, 미워하는 마음이 무성하여 그 뿌리를 어찌하지 못할 때 자신의 사랑에 절망할 수도 있다. 옷깃을 여미고 뼈를 깎아도 원하는 경지에 이르지 못할 때 청춘은 돌보다 무겁고 사랑은 슬픈 진달래보다 더 슬프다 그래서 종이 울면 목이 메이고 땀과 눈물이 흘러서 강이 되는 것이다.

그래도 손잡으면 정다운 듯 그마저 아쉬운 듯
겁 많은 노루 같은 당신 만나 이 땅에서 평생을 살았으니

마주하고 사랑하는 것 이상의 일상을 무엇이라 부르랴

뜨고 지는 해의 명암만큼 더 가까운 이승을 지척에 두고도
부디 살아만 있어다오 날마다 두 손 한데 모으면서
뒤뚱뒤뚱 엉금엉금 참 민망한 보법의 당신을 지켜보며
다시 태어나도 이러하리라 다짐 따위는 모르지만
그래 곁에 있어 주어 고맙다. 다행이다 괜히 눈시울 젖는다
— 「아내에게」 3, 4연

이 시의 1연과 2연에서 시인은 오르막길, 가풀막, 산봉우
리, 등고선, 낭떠러지와 산마루 등의 언어에다 아내와 동행
한 한평생의 고난과 역경을 담아내고 있다 그런데 뒤뚱뒤
뚱 엉금엉금 참 민망한 보법의 아내를 지켜보게 된 오늘에
와서 그 모든 굽이와 고비들을 다 넘기고 평화를 찾은 부
부 사이를 다행인 듯 시로 표현하며 모든 고난들을 승화시
키고 있다. 시인은 부부의 삶을 '그래도 손잡으면 정다운
듯 그마저 아쉬운 듯 겁 많은 노루 같은 당신 만나 이 땅에
서 평생을 살았으니 마주하고 사랑하는 것 이상의 일상을
무엇이라 부르랴' 이렇게 고백하였다. 지금 시인과 아내는
'마주하고 사랑하는 것' 그 이상의 삶을 살고 있다.
부부간의 사랑은 연인끼리의 사랑과는 사뭇 다르다. 사
랑 말고도 많은 요소들이 사랑을 흔들기 때문이다. 그래
서 사랑이 손상을 입는다. 이런 요소들로 해서 사랑이 훼
손되지 않는 두 가지 길이 있다. '내려놓는 것'과 '비우는

것'이다. 무엇을 내려놓고 무엇을 비울지는 모든 부부들이
다 안다. 두 손에 무엇을 쥐고서는 상대를 잡거나 안을 팔
이 없다. 내려놓을수록 사랑의 양은 커진다. 사랑은 빈자리
에 고이는 물과 같은 것이다. 먼저 모든 것을 내려놓을 수
밖에 없었던 아내 앞에서 시인 자신도 다 내려놓았다. 그
래서 살아만 있는 아내에게 "곁에 있어 주어서 고맙다"라
고 시인은 눈시울을 적신다. 서로 다른 두 나무가 가까이
서서 가지를 뻗으면서 다툰 기나긴 세월, 마침내 두 나무
는 가지를 서로 연이어 연리지連理枝가 된다. 나를 내려놓
고 서로를 받아들일 때 일어나는 대반전의 기적이다.

2) 전통 정서의 시

한경동 시인의 시를 읽으면 어딘지 많이 들어본 듯한 친
근감을 느낄 수 있다. 시어의 선택이 그렇고 가락이 그렇
고 언어의 짜임이 그렇다. 소재나 주제면에서도 예부터 전
해오는 사상이나 정서가 스며 있어 의고적擬古的인 향수鄕
愁를 느끼게 한다. 시의 이러한 맛은 시 속의 인물도 감각
적이고 지적이며 경쾌하게 움직이고 잘 변하는 현대인보
다는 풍류와 옛 멋이 묻어나는 고전적인 인물을 그 안에
감추고 있다는 생각이 들게 한다. 시인의 이러한 경향은
역사歷史를 전공한 것과도 유관하겠지만 타고난 성품과 성
장한 환경과 그 시대의 영향도 있지 않을까 생각된다.

이름만 비단 같은 비단길

금세 별비가 쏟아질 듯한 밤하늘
낙타 속눈썹 위에 내려앉는 모래먼지
가맣게 그을린 소년의 덧니
굳은 빵조각 한 입 베어 물고도 행복한
땟국 줄줄 흐르는 사람들의 웃음소리
신기루처럼 떠오르다 사라진 나의 전생
마음은 모든 것을 만들고 다스린다는
쉽고도 어려운 법구경 한 구절
가고는 소식 없는 이름 모를 나그네

－「비단길」 전문

이 시의 제목은 '비단길'이다. 이국적인 길이다. 그리고
배경이나 '낙타 속눈썹 위에 내려앉은 모래먼지', '굳은 빵
조각 한 입 베어 물고 행복한' 등의 시구들도 이국적인 분
위기를 풍긴다. 그런데 그다음 내용들은 모두 우리의 전통
적 믿음, 가르침, 그리고 삶과 죽음 등이 자리하고 있다. 삶
의 허무, 마음 하나가 생을 다스린다는 가르침, 가고는 소
식 없는 그리운 사람들이 그것을 보여준다. 우리는 어쩌
면 티베트나 중동 사막지대 비단길이라는 이름의 이역異域
에 대하여 배척과 이질감보다는 향수와 동질감을 느껴왔
는지도 모른다. 이국異國에 대한 그러한 정서가 언제부턴
가 우리의 전통으로 자리 잡았는지도 모른다. 별이 쏟아질
것 같은 밤하늘, 사람들의 웃음소리, 신기루와 나의 전생,
법구경, 소식 없는 나그네 등이 풍겨내는 감성이나 마음의

흐름을 합치면 한경동 시인의 내면세계가 될 것이다. 이것
은 그의 출생부터 자리 잡은 그의 전통, 그의 무의식이 될
것이다.

> 부처님 눈 한 번 꿈적이면 천년이 간다면서
> 칠백 년 그 세월 별것 아니라고 얄보지는 마시라구요
> 부끄러운 듯 아니 부끄러운 듯 고려 적 하늘을 그리며
> 발갛게 피는 연꽃을 마주하고 있노라면
>
> 장맛비 흠뻑 맞아도 생각 하나만은 오히려 황홀해지고
> 처염상정, 그 모습 그 빛깔만은 그대로인 아라홍련
> 어쩜 오늘 하루만은 그 마음 그 물색으로 되돌아가
> 연꽃 향기 훔치러 가는 바람처럼 살고 싶은 걸 어쩝니까
> ―「아라홍련」 3, 4연

 칠백 년 전의 연꽃 씨가 발아하여 거기서 피어났다는 아
라홍련, 그 아라홍련이 핀 하늘은 칠백 년 전 고려의 하늘
이며 지나간 칠백 년의 전통과 역사가 거기 아롱져 있고
그것은 지금 시인의 가슴에도 떠 있다고 시인은 노래한다.
그 하늘에서 홍련을 바라보며 시인은 황홀해진다. 그리고
그때의 마음 그때의 상황으로 돌아가 연꽃 향기 훔치러 가
는 바람처럼 살고 싶다. 그 마음은 전통에 대한 향수와 그
리움의 마음인 것이다. 처염상정處染常淨, 물색物色 등 시어
에도 시인의 그 같은 내면세계가 잘 반영되어 있다.

바스락 나뭇잎도 마른침을 삼키고
할! 죽비 맞으며 삼천대천세계 깊은 강을
온몸이 시퍼렇게 멍이 들어 건너오는
청동빛 범종소리가 새벽잠을 깨운다

큰 절집 기왓골에 감로甘露 같은 눈이 녹아
진달래꽃 그리운 향기 산문山門이 가득한데
나도 나를 어쩔 수 없는 풍경소리 귀가 열려
저문 들 샛강에 서서 다시 듣는 종소리
―「풍경 혹은 범종소리」 2, 3연

'할! 죽비 맞으며 삼천대천세계 깊은 강을' 이 시행의 언어 선택과 구성에는 아득한 몇천 년의 세월이 녹아 있다. 삼천대천세계라는 말은 고전적인 셈법으로 무한대의 시공간을 머금고 있다. '깊은 강'도 그렇다. 옛 사람들의 세계관 사생관에서 보면 이 강은 이 세계와 저 세계를 갈라놓는 영원처럼 긴 시간, 그 전통의 강이다. '청동빛 범종소리' 종소리에 청동빛 빛깔을 입힌 것은 탁월한 두 감각의 조합으로 빚어진 새로운 존재의 탄생이다. '큰 절집 기왓골에 감로 같은 눈이 녹아' 이 시구도 옛 정서를 흠집내지 않고 고스란히 이 시대로 불러오는 힘이 있다. 산문山門이란 시어도 이끼 속에 묻힌 몇천 년의 세월을 깨우고 있고, '나도 나를 어쩔 수 없는 풍경소리 귀가 열려 저문 들 샛강에 서서

다시 듣는 종소리'라는 마침 행으로써 독자를 지금 시인이
잠깐 머물고 있는 먼 옛날의 시공간으로 불러내고 있다.

> 퍼붓는 눈발 속에 더 푸르른 낙락장송
> 붓끝에 겨눈 뜻은 선비의 심혼인데
> 시詩보다 더욱 절절한 세한도를 그린다
>
> ─「세한도」 3연

이 시는 3연으로 구성된 평시조 형식의 시다. 시조로서
도 손색없는 작품이다. 한경동 시인은 시조를 썼어도 시
와 함께 일가를 이룰 만한 재능을 가졌다고 말하는 데 나
는 주저하지 않겠다. 이 작품을 옛 시조 속에 섞어놓으면
전통 시조가 되고 이 시대의 시조와 함께 놓으면 그대로
현대 시조가 될 것이다. 그가 이런 시를 쓰고 싶었고 또 이
런 시를 써서 발표했다는 것 자체가 이 시인의 옛것에 대
한 짙은 향수와 그리움을 충분히 입증하고 있다. 눈발 속
에 더 푸르른 낙락장송의 지조가 붓끝으로 겨눈 선비, 곧
시인 자신의 심혼이라 했다. 그리고 눈서리 분분한 난세에
한 줄 시를 쓰는 것은 세한도를 그리며 절개를 지켰던 옛
선비의 길을 가는 것이라고 시에서 쓰고 있다.

3) 근원 회귀와 향수의 시

고향에 대한 그리움, 생명의 근원을 찾고 그 근원으로 돌
아가고 싶은 갈망은 인간의 원천적이며 보편적인 정서다.

이것들은 문학이나 예술의 큰 주제가 되며, 이념적 종교적 철학적인 추구의 핵심이 되기도 한다. 한경동 시인의 시에도 이 범주에 드는 작품이 많고 그 작품들의 울림도 크다 작품 속에 나타난 시인의 정회도 간절한 바가 있다.

> 버리지 못한 속세의 인연에 눈물짓던
> 수륙만리 돌아온 혜초도 수수만 번 무릎을 꺾던 길
> 천산남로 천산북로 어디든 발길 닿는 곳마다
> 내 지은 죄 내 탓 아니라고 도리질해보지만
> 어차피 업보는 운명도 숙명도 아닌 인연의 그물
>
> 부처는 무엇이며 나 또한 무엇인가
> 뜬금없는 물음으로 새삼 무엇을 얻으랴만
> 구름에 업혀서라도 가고 싶은 서역 삼만 리
> 달그림자 스러진 꼭두새벽 별만 총총한데
> 나그네 외로운 그림자 꿈만 젖는다
> ―「실크로드를 꿈꾸며」 4, 5연

4연의 핵심어인 '속세'와 이 시의 주제를 담고 있는 5연의 '서역 삼만 리'는 현실(속세)에서 출발하여 순례와 방랑의 긴 과정을 거쳐 마침내 도달하는 생명의 본향(서역 삼만 리의 끝)을 나타내고 있다. 시인의 말대로 우리는 모두 서역 삼만 리를 지나 생명의 본향으로 가고 싶다. 속세가 괴롭기만 해서도 아니고 영원한 생명을 갈망해서만도 아니다. 시 중의 나는 이 속세를 내가 누군지도 모르고 살아간다. 수없이 변하는 자신의 모습을 보면서 내가 과연 누구인가? 어느 것이 나의 참모습인가? 라는 질문에 긍정과 부정을 되풀이한다. 진실과 허무를 손바닥 뒤집듯 바꾸어가면서 절망과 희망에 무너지기도 하고 속기도 한다. 한경동 시인이 이 시에서 제시하는 나의 모습은 얼마나 무상하게 바뀌고 상념은 얼마나 또 덧없는가. 허리 굽은 나, 진리에 목마른 구법승, 새끼 낳고 탈진한 낙타, 마두금을 켜는 늙은 카라반, 신기루 같은 전생을 좇아가는 나그네, 자갈사막, 모래사막, 계림에 뜨는 달, 부처, 나그네 외로운 그림자, 이들 속에 내가 있거나 혹은 그 어느 것과 꽃 같은 인연을 맺으면서 걷는 기나긴 길이 서역 삼만 리다. 시인은 상상 속의 그 어느 지점도 어느 것도 아닌, 허상의 속세에서는 갈 수 없는 거리인 삼만 리나 떨어진 진리의 본향으로 가고 싶다. 내 생명의 본향인 그곳으로 가는, 허상의 내가 아닌 실상, 불변하는 본체인 나를 갈망하고 있는 것이다. 남은 세월 동안 시인은 자신이 얼마나 더 절실한 고뇌와 그리움과 고된 여정을 걸어야 할 것인가를 쓸쓸한 목소리 긴 여운으로 이 시에다 남기고 있다.

삶이란 너나없이 바람이나 빗물 같은 것
어느새 손아귀를 빠져나와 슬그머니 사라지고
다시는 생각 말자 해도 이내 되돌아오는 고향 하늘
쑥부쟁이 꽃들만 지천으로 핀 언덕 너머

너른지, 잡초 뒤덮인 산중 논마저 허허벌판이다
—「가을 너른지」 3연

　시인의 고향인 '너른지'는 현실적인 조건으로는 다시 돌
아갈 만한 곳이 아니다. 좁은 산골 이 집 저 집 빈집 되고
돌담은 무너졌다. 죽고 떠난 사람 많아 골목도 하늘도 낯
설다. 그런데도 그곳이 고향이기 때문에 그립고 돌아가고
싶다. 내 마음과 영혼 속에는 그곳이 단순히 무너져가는
작은 마을이 아니라 내 마음과 영혼의 고향이기 때문이다.
삶이란 너나없이 바람이나 빗물 같은 것, 그래서 어느새
손아귀를 빠져나와 슬그머니 사라지는 것이기에 늘 비어
있고 어느새 그 자리에 들어서는 것은 '이내 되돌아오는
고향 하늘'이다. '쑥부쟁이 꽃들만 지천으로 핀 언덕 너머
너른지, 잡초 뒤덮인 산중 논마저 허허벌판'인 그곳의 현
실은 내가 사는 이곳의 현실보다 더 실망스러운데도 나는
그곳이 그리운 것이다. 그것은 본향과 본체에서 떠난 인간
이기에 필연적으로 가질 수밖에 없는 영원한 향수이다. 인
간은 누구나 영원회귀의 꿈을 꾸고 그곳을 찾아 길에 오르
고 싶다. 죽을 때까지 지워지지 않는 향수, 그러나 그곳은
아름답고 갈 수 없는 곳이기에 그리움은 절실하며 영원 저
쪽까지 이어지는 것이다.

　판수 무당을 부르고 싶어도
　어머니가 없다

각시붓꽃 같은 어머니

배고픈 객귀를 물리려고
시퍼런 부엌칼 대신
초승달을 문밖에 던졌다

(중략)

자는 척 업히고 싶어도
아버지가 없다
먼 산 뻐꾸기 같은 아버지

막힌 굴뚝을 틔우려고
생솔가지 대신
젖은 눈썹을 아궁이에 밀어넣었다

─「무제」 2, 3, 5, 6연

'고뿔에 걸려 열흘을 앓고 판수 무당을 부르고 싶어도 어머니가 없다' 시인은 이 나이에 이르러 열흘씩이나 약을 먹고 치료를 해도 떨어지지 않는 감기를 앓으면서 사실은 병의 고통보다 어머니에 대한 그리움이 더 큰 것이다. 어머니가 없는 현실이 더 아픈 것이다. 옛 고향 어린 시절 산골 마을에서 병을 치유할 수 있는 사람은 판수나 무당밖에 없었다. 한 사나흘 열에 시달려도 낫지 않으면 어머니가 무당을 불러 간단한 굿을 하여 객귀를 물린다. 객귀는 나그네 귀신이다. 떠돌다가 배가 고프면 사람에 들어붙는다. 그러면 귀신을 달래고 겁주고 하여 떼어내고 돌려보낸다. 객귀 물리는 제의祭儀의 끝은 날 선 식칼을 대문 밖으로 내던지는 것이다. 칼끝이 문밖을 향하면 객귀가 떠나간다는 신호다. 시인은 이 장면에서 칼 대신 초승달을 던진다는 신선하고 탁월한 은유를 사용하여 굿의 시각적 효과를 높이고 시도 한층 높은 단계로 끌어올렸다. 방 안에 달마도를 걸어놓고 걸어서 절에 갔다. 부처님께 절을 하고 걸어서 돌아오는 길, 자는 척 업히고 싶어도 아버지가 없다. 지금의 아버지는 먼 산에서 우는 뻐꾸기다. 뻐꾸기는 남의 둥지에 알을 낳고 멀리 떨어진 숲에서 운다. 아버지 뻐꾸기는 뻐꾹뻐꾹 울고, 어머니 뻐꾸기는 삐삐삐삐 운다. 아버지 소리가 멀리서도 또렷이 들린다. 시인은 어린 시절을 회상하면서 아버지가 그 먼 산에서 울어주었으면 하고 바라는 것이다. 낳아주시고 길러주신 부모님에 대한 끝없는 그리움, 그리움은 곧 그리로 가고 싶은 마음이다. 마음에 품고 만나고 싶은 마음이다. 가족이 고뿔에 걸리면 아궁이에 불을 지펴서 방을 덥게 한다. 자가 치료 온열요법이다. 그때 굴뚝이 막혀서 불이 들지 않으면 청솔가지를 잔뜩 밀어 넣어서 연기를 많이 낸다. 시인은 이 장면을 상상하면서 청솔가지 대신 눈물에 젖은 눈썹을 아궁이에 밀어 넣는다고 썼다. 이 역시 빼어난 은유로 시의 격을 높였다. 부모를 향한 그리움이 나이 들수록 서럽고 절실해지는 것은 앞

서 가신 어버이가 영원회귀로 들어서는 간절한 통로라는
무의식이 작용했기 때문이 아닐까 싶다.

4) 현실과 삶을 돌아보는 시

한경동 시인이 당면한 현실은 결코 녹록지 않다. 손수 두
사람 몫의 밥을 짓는 그는 날마다 마음속에 신전을 세운
다. 어리고 젊어서는 집안일, 농사일로 손금이 뭉개지고 지
금은 병처病妻를 수발하는 지아비로서 손금이 또 한 번 무
너지는 그의 신산辛酸하지만 거룩한 삶, 거룩한 신전을 세
워나가는 그의 노동은 노을에 더욱 눈부시다.

> 밥상은 신전이다
> 살아있음으로 날마다 감사하고
> 밥상 앞에서는 더욱 경건해져야 하는
> 사람 사는 게 뭐 그리 대단한 것 같지만
> 밥 먹는 일만큼 거룩한 일이 어디 있으랴
> 단지 몇 시간이면 똥이 되는 밥을 위하여
> 눈에 안 보이는 손금마저 죄다 뭉그러지고
> 언젠가 밥 먹으면서 울컥한 때를 생각하면
> 한 끼 밥의 고마움은
> 고마움대로 고스란히 남겨두고라도
> 오늘도 밥상 위에 고스란히 수저를 놓는
> 그 작아도 성스러운 의식을 준비하면서
> 잠시 잠깐 엄숙해지는 마음 하나도

참으로 간절한 기도가 아니겠는가

—「밥을 먹으면서」 전문

'밥상은 신전이다' 밥상과의 아주 새롭고 신선하고 거룩한 만남을 갖게 해주는 특별한 발견이다. 비유 하나로 세계의 의미와 형상이 바뀐다. 이것이 시의 힘이다. 이 한 줄에 함축된 뜻은 넓고 높고 새롭다. 신전의 주인은 신일 수밖에 없다. 밥상이 신전이 되면 밥상의 주인인 사람은 신의 자리에 이른다. 사람과 삶의 존엄함이 새삼 분명해진다. 내가 나의 밥상을 차릴지라도 그 음식들은 신에게 바치는 정성과 기도로 차려야 하고 또 그런 마음으로 차린 것이다. 사람에 대한 강한 긍정과 높은 존중이 마음을 끈다. 신의 자리에서 내가 밥을 먹으니까 나를 그렇게 존중하고 긍정해준 세상과 사람들에게, 음식의 재료가 된 모든 자연과 존재들에게 겸손과 감사를 바쳐야 한다. 그런 마음으로 밥상을 차리는 자와 밥을 먹는 자는 사람들의 찬양과 도움을 받을 것이며 신이 은총과 축복을 내려줄 것이다. 오늘 이 시대에 이런 마음으로 밥을 짓고 밥을 먹는 사람이 과연 얼마나 될까를 생각해보면 이 시의 한 구절 한 구절이 특별한 무게를 가지고 있음을 알게 될 것이다.

　　이승의 길이면 어떻고
　　저승의 길이면 또 어떠랴
　　햇살 퍼지자

갓 돌 지난 손자 녀석 젖니 돋아나듯
봉긋봉긋 와룡매도 봉오리 맺을 때
굼틀굼틀 용트림하듯 매화나무 기지개 켤 때
흠 흠 흠 몇 번이고 헛기침하면서
대낮에도 키대로 꽃등을 켜고 맞이하는
참 향기로운 꽃길에서
삶이 이처럼 아름다운 것을 보았다

—「와룡매의 봄」 전문

이 시에서 시인은 매화꽃 피는 그날엔 그곳이 이승이어
도 좋고 저승이어도 괜찮다고 말한다. 특별할 것 없는 범
상한 언어들로 와룡매 피는 모습의 신비감과 미감을 높은
차원으로 끌어올려도 어색하지 않고 과장되었다는 느낌도
들지 않는다. 시인의 시선과 감동의 깊이가 예사롭지 않음
을 본다. '참 아름다운 꽃길에서 삶이 이처럼 아름다운 것
을 보았다' 마지막 두 행의 삶에 대한 아름다운 긍정에 필
자도 강하게 끌려드는 것은 시에 담긴 시인의 감동, 그 진
실함이 강한 힘으로 나를 이끌었기 때문이다. 평범하게 매
일 지는 해가 그때마다 비상한 감동을 주는 것과 같다. 근
래 들어 삶의 아름다움을 이처럼 감동적으로 예찬한 글을
읽었던가를 더듬어본다. 요즈음 우리 사는 것이 그만큼 메
마르고 각박했기 때문인가 하는 생각도 든다.

　세상의 머리 꼭대기에서 물을 본다

머리 꼭대기까지 차오르는 분노를 본다.
하필이면 눈물겨운 진달래꽃도 피고
벚꽃 하늘하늘 떨어지는 산정에서
세상에서 가장 외로운 사람의 눈망울을 본다
오늘따라 바람도 갈래갈래 흩어지고
골짜기마다 물길이 졸아드는 산 줄기줄기
세상의 발가락 끝에서는 복사꽃이 피는데
아직 조바심 낼 때 아니다 혼잣말하면서
가슴 밑바닥에서 치미는 울분을 본다
눈물 그렁그렁 고인 산정호수를 바라본다.
— 「산정호수」 전문

　손바닥을 뒤집으면 손등이듯이 삶도 종이 한 장의 양면
처럼 빛과 어둠으로 뒤집어진다. 현실과 삶의 밝은 면을
예찬했던 이 시인은 그 빛의 뒷면에 숨겨진 그림자의 분
노와 고독과 비애를 들추어낸다. 시인으로서 피해갈 수 없
는 현실이며 삶의 엄연한 실상이기 때문이다. 그래서 세상
의 머리 꼭대기에서 보는 호수와 거기 물의 머리 꼭대기
까지 차오르는 분노를 읽는다. 모자라는 전기를 만들기 위
해 산을 파헤쳐 그곳에 호수를 만든 역리에 대한 분노, 이
렇든 저렇든 호수를 만들었다면 마땅히 맑은 물이 넘실거
려야 할 그 자리가 무용지물이 되어 마른 흙과 돌로 반쯤
미쳐가고 있는 저 광기에 담긴 분노를 시인은 놓치지 않는
다. 그 호수를 건너다보는 자리에 핀 진달래는 저의 꽃 핀

자리가 부끄러워 스스로 눈물겹다. 호수 밑바닥에 깔린 마지막 물은 세상에서 가장 외로운 자의 눈망울이다 내려갈 길 없는 저 물은 저 자리에서 그냥 마를 것이다. 세상의 발가락 끝에서는 복사꽃이 피는데 소멸을 앞둔 물은 그냥 자위한다. '아직 조바심 낼 때 아니다' 그러나 치미는 울분으로 물든 마음이 아픈 듯 간간이 파문을 일으킨다. 이 산정 호수의 비극적 역사와 거꾸로 흐르는 운명은 이 세상과 또 사람들의 삶과 너무 닮아 있지 않은가. 그걸 생각하는 시인의 눈엔 그렁그렁 눈물이 고인다.

오늘이 어제가 되고 내일이 오늘이 되는
존재와 부재의 윤회 속에서
우리는 무엇이 되고 있는가

뭍에서 보면 섬은 찢어진 깃발이다
섬에서 바라보는 뭍은 언제나
그리운 강물이다

이 막막한 세상에서
누군들 섬이 아니랴

애써 다리를 놓기 전에는
　　　　　　　　　　　　　　　－「모두가 섬이다」 전문

시인은 이 시에서 '우리는 무엇이 되고 있는가?'라는 질문을 던진다. 그런데 그 답은 제목에서 이미 제시되었다. 우리는 '모두가 섬'인 것이다. 섬은 말할 것도 없이 현대인이 고독한 단독자임을 비유하고 있다. 섬과 섬이 모여 하나의 섬으로 될 수 없듯이 이 시대의 인간들도 이제는 서로 하나가 될 수 없는 상황에까지 왔다. 그 이유와 내력은 설명하지 않아도 모두 묵시적으로 공감하고 있다.

시인은 뭍에서 보면 섬은 '찢어진 깃발'이라고 했다. 섬이 된 인간의 모습에 대한 의외의 참신한 해석이다. 깃발은 반드시 어떤 명분과 목적과 뜻이 있을 때 달아 올린다. 뭍은 중심을, 섬은 변방을 비유한 것으로 해석하면, 중심에서 보는 섬은 찢어진 깃발, 의미와 목적과 명분을 상실한 변방적 존재로 전락해버렸다는 뜻이다. 섬에서 바라보는 뭍은 언제나 '그리운 강물'이라고 썼다. 변방에서 바라보는 중심은 갈 수 없는 그리운 곳, 풍요와 생명으로 출렁거리는 곳이다. 뭍과 섬의 이런 관계를 인간 존재의 근원적 차원에서 생각한다면 뭍은 영원과 불멸, 생명과 본향을 상징하는 초월과 무한의 존재, 섬은 목적과 명분과 의미를 상실한 단독자로 저마다 고립되어 외롭게 살아가는 순간적 소멸적 존재이다. '애써 다리를 놓기 전에는' 슬쩍 덧붙인 것 같은 이 행에 시인이 말하고 싶은 이 시의 주지主旨가 담겨 있다. 시인은 비정한 단절과 고립의 시대에 사람에 대한 사랑과 희망을 버리지 못한 자가 들어 올리는 찢어지지 않는 깃발이 되고 싶은 것이다. 그리하여 섬과 섬

사이에 놓인 다리가 되기를 바라는 것이다. 이것은 이 시를 쓴 자신의 사명인 동시에 이 시대의 모든 시인에게 주어진 무겁고 소중한 사명이라는 메시지도 전달함으로써 시의 외연을 한층 넓게 하고 있다.

III. 맺는 말

한경동 시인은 이번 시집으로 여섯 번째의 시집을 세상에 내놓는다. 26년의 시력詩歷으로는 많은 편이 아니지만 매 권마다 한 걸음씩 나아가는 성실함과 시적 역량을 보여주었다. 그의 시는 사람과 세상에 대한 진실한 사랑을 바탕에 깔고 있다. 그 위에 자신이 체험한 사랑의 기쁨과 사랑의 진실을 진실하게 수놓고, 또 그 허무와 슬픔을 때로는 간절하게, 때로는 관조하는 시선으로 섞어 짜서 아름다운 사랑의 시를 엮어 냈다. 그의 시에는 따스한 옛 가락이 스며 있으며 전통적인 정서도 깊이 뿌리내리고 있다. 아득한 생명의 본향에 대한 동경과 육신의 고향을 그리는 향수가 진하게 깔려 있기도 하다. 그래서 독자에게 휘청거리는 시의 가락이 주는 재미와 먼 곳과 떠나온 세상을 향하는 그리움에 흔들리는 정서의 흐름을 체험하게 한다. 그의 시는 때로는 구수하고 때로는 구슬프며 또 때로는 무릎을 치게도 한다. 이번 시집으로 또 한 걸음 나아간 진경을 보였다.

시인으로서 그가 계승 발전시켜야 할 과제는 전통과 현실, 원초회귀와 미래지향 사이에서 둘 사이의 조화를 찾아 그 길을 개척해 나가는 것이다. 새로운 시의 형식과 내용, 그리고 사상과 정서를 자신의 시 세계로 끌어들여 새롭게 열어가고 쌓아가는 것도 그의 책무일 것이다. 그럴 역량을 갖추었기에 한경동 시인은 또 한 번의 새로운 시로 독자에게 다가설 것이라 기대한다.

모두가 섬이다

초판 1쇄 발행 2021년 7월 12일

지은이 한경동
펴낸이 강수걸
편집장 권경옥
편집 신지은 강나래 김리연
디자인 권문경 조은비
경영지원 공여진
펴낸곳 산지니
등록 2005년 2월 7일 제333-3370000251002005000001호
주소 부산시 해운대구 수영강변대로 140 BCC 613호
전화 051-504-7070 | 팩스 051-507-7543
홈페이지 www.sanzinibook.com
전자우편 sanzini@sanzinibook.com
블로그 sanzinibook.tistory.com

ISBN   978-89-6545-729-9 03810

* 책값은 뒤표지에 있습니다.
* 잘못된 책은 구입하신 곳에서 교환해드립니다.
* 본 도서는 2021년 부산광역시, 부산문화재단 '부산문화예술지원사업'으로
지원을 받았습니다.